Vente du 25 au 27 Avril 1892

(SALLES SILVESTRE)

CATALOGUE

DE

LIVRES ILLUSTRÉS

DES XVIIIe ET XIXe SIÈCLES

ET D'OUVRAGES EN RELIURES ANCIENNES

AVEC ARMOIRIES

COMPOSANT LA BIBLIOTHÈQUE DE M. J.

PARIS

ÉM. PAUL, L. HUARD ET GUILLEMIN

LIBRAIRES DE LA BIBLIOTHÈQUE NATIONALE

SUCCESSEURS DE MM. LABITTE, ÉM. PAUL ET Cie

28, RUE DES BONS-ENFANTS, 28

1892

LA VENTE AURA·LIEU

Du Lundi 25 au Mercredi 27 Avril 1892

A HUIT HEURES PRÉCISES DU SOIR

Dans les Salles de Ventes aux Enchères

DE LA LIBRAIRIE ÉM. PAUL, L. HUARD & GUILLEMIN

28, rue des Bons-Enfants (Anciennes Maisons Silvestre et Labitte)

SALLE N° 1

Par le Ministère de Me **MAURICE DELESTRE**, Commissaire-Priseur

27, RUE DROUOT

Assisté de **MM. ÉM. PAUL, L. HUARD & GUILLEMIN**

LIBRAIRES-EXPERTS

28, RUE DES BONS-ENFANTS

ORDRE DES VACATIONS

	Numéros
PREMIÈRE VACATION.	291 à 441
DEUXIÈME VACATION.	1 à 149
TROISIÈME VACATION	150 à 290

CONDITIONS DE LA VENTE

La vente se fait expressément au comptant.

Les acquéreurs payeront 5 p. 100 en sus des enchères, applicables aux frais.

Il y aura exposition chaque jour de vente, de 2 à 4 heures.

Les livres devront être collationnés dans les vingt-quatre heures de l'adjudication. Passé ce délai, ou une fois sortis de la salle de vente, ils ne seront repris pour aucune cause.

Les Libraires, chargés de la vente, rempliront les commissions des personnes qui ne pourraient y assister.

CATALOGUE

DE

LIVRES ILLUSTRÉS

DES XVIIIE ET XIXE SIÈCLES

ET D'OUVRAGES EN RELIURES ANCIENNES

AVEC ARMOIRIES

COMPOSANT LA BIBLIOTHÈQUE DE M. J.

PARIS

ÉM. PAUL, L. HUARD ET GUILLEMIN

LIBRAIRES DE LA BIBLIOTHÈQUE NATIONALE

SUCCESSEURS DE MM. LABITTE, ÉM. PAUL ET Cie

28, RUE DES BONS-ENFANTS, 28

—

1892

CATALOGUE

DE

LIVRES ILLUSTRÉS

COMPOSANT

LA BIBLIOTHÈQUE DE M. J...

THÉOLOGIE

1. La Sainte Bible, traduite sur les textes originaux, avec les différences de la Vulgate. *A Cologne, aux dépens de la Compagnie*, 1739, in-8 à 2 col. titre-front. sur cuivre, mar. r. dos orné, fil. tr. dor. (*Rel. anc.*)

> Jolie édition imprimée en très petits caractères.
> La reliure porte sur le dos et les plats la croix de SAINT-CYR (?).
> Raccommodage au verso du titre.

2. LA SAINTE BIBLE en latin et en françois (trad. de Le Maistre de Sacy), suivie d'un dictionnaire étymologique, géographique et archéologique. *Paris, Lefèvre*, 1828-1834, 13 vol. gr. in-8, fig. demi-rel. mar. brun jans. avec coins, tête dor. (*David.*)

> Belle édition, le texte latin est imprimé à 2 colonnes au bas de chaque page ; le 13e volume contient la chronologie, la table analytique et un dictionnaire étymologique, géographique et archéologique.
> Bel exemplaire sur GRAND PAPIER VELIN avec la suite des figures de Devéria en double état : AVANT LA LETTRE et EAUX-FORTES.

3. Le Cantique des Cantiques, traduit de l'hébreu par Ernest Renan, avec 25 eaux-fortes d'Edmond Hédouin et d'Émile Boilvin, d'après les dessins de Bida. *Paris, Hachette*, 1886, in-fol. papier vélin, grandes planches hors texte sur chine, fig. en feuilles dans un carton.

4. Le Nouveau Testament, en latin et en français, traduit par
de Sacy. Édition ornée de figures gravées sur les dessins de
Moreau le jeune. *Paris, Didot jeune*, 1793, 4 vol. gr. in-8,
papier vélin, fig. v. granit, dent. tr. dor.

5. Les Saints Évangiles, traduits de la Vulgate par M. l'abbé
Dassance, illustrés par Tony Johannot, Cavelier, etc. *Paris,
Curmer*, 1836, 2 vol. gr. in-8, texte encadré, fig. demi-cart.
perc. verte, non rog. couvertures.

6. Histoire critique du Vieux et Nouveau Testament; des principaux commentateurs, etc., par Richard Simon, prêtre.
Rotterdam, Reinier Leers, 1685-1695, 6 vol. in-4, mar. r. fil.
tr. dor. (*Rel. anc.*)

Bel exemplaire réglé aux armes de PERRIN et DU PEZEAU.

7. Heures gothiques... (à l'usage de Rome). *S. l. n. d.* in-8, vélin.

Fragment d'un livre d'heures en latin composé de 45 ff. non chiff.
imprimés sur VÉLIN. Le premier feuillet de ce fragment commence ainsi :
De Sanctissima trinitate; chaque page est entourée de bordures sur bois,
représentant des sujets de chasse, la vie de la Vierge, la Passion de
Jésus-Christ, etc., les lettres initiales sont en or et couleur; 2 planches
représentent : *La fuite en Egypte* et *Jésus au milieu des docteurs.*

8. L'Office de la Sainte Vierge, traduit en françois tant en vers
qu'en prose; avec les sept pseaumes pénitentiaux, les vespres
et complies du dimanche... par P. Corneille. *Paris, Ballard
et Jolly*, 1670, in-8, fig. hors texte sur cuivre, mar. r. dos
orné, fil. et comp. à la Du Seuil, tr. dor. (*Rel. anc.*)

ÉDITION ORIGINALE. Nom effacé sur le titre.

9. L'Office de la Semaine sainte à l'usage de la maison du
Roy... *Paris, Collombat*, 1748, in-8, fig. sur cuivre hors texte
par Humblot, mar. r. dos orné et fleurdelisé, dent. sur les
plats, tr. dor. (*Rel. anc.*)

Exemplaire aux armes de LOUIS XV.

10. BRÉVIAIRE DE PARIS, traduit en françois. *Paris*, 1742, 8 vol.
in-4 à 2 col. fig. mar. bleu, dos orné, fil. tr. dor. (*Rel. anc.*)

Bel exemplaire réglé en GRAND PAPIER.

11. Éclaircissements de cette célèbre et importante question,
si le Concile de Trente a décidé ou déclaré que l'attrition
conçuë par la seule crainte des peines de l'Enfer, et sans
aucun amour de Dieu, soit une disposition suffisante pour
recevoir la rémission des pechez... (Par Quéras, docteur en

Sorbonne). *Paris, Dezallier*, 1685, in-8 de 649 pp. mar. r.
dos orné, fil. et comp. à la Du Seuil, tr. dor. (*Rel. anc.*)

12. XXVI Homélies de Saint Jean Chrysostome, traduictes en
françoys, par François Joulet, doyen d'Évreux. *Paris, l'An-
gelier, Claude Cramoisy*, 1621, in-12, v. brun ant. dos et plats
couverts de riches comp. à petits fers et au pointillé, tr. dor.

13. La Manière de se bien préparer à la mort, par des considérations sur la Cène, la Passion et la mort de Jésus-Christ.
Avec de très belles estampes emblématiques expliquées par
M. de Chertablon. *Anvers, George Gallet*, 1700, in-4, pl.
demi-rel. chag. grenat avec coins.

Ouvrage recherché pour les 42 planches de Romain de Hooghe dont il
est orné.

14. Les Devoirs des maîtres et des domestiques, par M. Claude
Fleury, prêtre, abbé du Loc-Dieu. *Paris, Aubouin et Emery*,
1688, in-12, v. ant. gran.

ÉDITION ORIGINALE.

15. Les Provinciales ou les lettres écrites par Louis de Mon-
talto (Bl. Pascal) à un provincial de ses amis et aux RR. PP.
Jésuites sur le sujet la morale, et de la politique de ces
pères. *Cologne, P. de la Vallée*, 1657, in-4, v. ant. gran.

EDITION ORIGINALE des dix-huit lettres, publiées séparément. Plusieurs pièces de polémique relatives à la publication de ce livre,
ajoutées.

16. Les Provinciales ou lettres escrittes par Louis de Mon-
talto (Bl. Pascal) à un provincial de ses amis et aux RR. PP.
Jésuites sur la morale et la politique de ces Pères, traduite
en latin par Guill. Wendrock (P. Nicole), en espagnol par
Gratien Cordero, et en italien par Cosimo Brunetti. *Cologne*,
1664, in-8, mar. r. dos orné, fil. tr. dor. (*Rel. anc.*)

17. Sermons choisis sur divers sujets, par feu Messire François
de Salignac de La Motte Fénelon. Nouvelle édition sur l'original de l'auteur. *Paris, Estienne*, 1718, in-12, mar. r. fil. à
fr. dent. int. tr. dor.

PREMIÈRE ÉDITION COLLECTIVE des sermons de Fénelon.

18. SERMONS DU PÈRE SEGAUD, de la Compagnie de Jésus. *Paris,
Guérin*, 1750, 6 vol. pet. in-8, mar. r. dos orné, fil. tr. dor.
(*Rel. anc.*)

Bel exemplaire aux armes de MARIE-JOSÈPHE DE SAXE, mère de
Louis XVI.

19. Considérations sur les dimanches et les festes des mystères, et sur les festes de la Vierge et des saints (par Du-
vergier de Hauranne, abbé de Saint-Cyran). *Paris, chez la
veuve Charles Savreux*, 1670, 2 vol. in-8, mar. r. dos orné,
dent. sur les plats, tr. dor. (*Rel. anc.*)

> Bel exemplaire réglé, qui paraît être de provenance royale. Sur les
> plats de la reliure, très fraîche, se trouve une large dentelle fleurdelisée
> et sur le dos des L couronnés.
>
> (Il provient des collections De Bure et R.-S. Turner.]

20. Pensées de M. Pascal sur la religion et sur quelques autres
sujets, qui ont esté trouvées après sa mort parmy ses papiers.
Paris, Desprez, 1670, in-12, v. ant. éc.

> Edition originale et la première sous cette date; elle se compose de
> 41 ff. préliminaires, de 365 pages et de 10 ff. de table.
> Hauteur 145 mill. 1/2. Fortes mouillures.

21. Les Pensées de Blaise Pascal; texte revu sur le manuscrit
autographe avec une préface et des notes par Auguste Moli-
nier. *Paris, Lemerre*, 1877-79, 2 vol. in-8, pap. de Holl. portr.
demi-rel. mar. bleu avec coins, tête dor. couverture, non rog.

22. Abrégé historique et chronologique, dans lequel on dé-
montre par les faits, depuis le commencement du monde,
jusqu'en l'année 1733, que la vraie religion a toujours été et
sera combattuë... *A Francfort*, 1732, in-24, mar. noir doublé
de mar. vert, large dent. gardes de pap. or et couleur, tr.
dor. (*Rel. anc.*)

> Petit livre peu commun attribué aux frères Quesnel, de Dieppe.

---

23. L'Alcoran de Mahomet, translaté d'arabe en françois, par
le sieur Du Ryer. *Jouxte la copie imprimée à Paris, chez Antoine de Sommaville*, 1649, pet. in-12, vél. à recouvr.

> Contrefaçon de la première édition elzevirienne, sortie des presses de
> J. Jansson, d'Amsterdam.

24. Adeisidæmon, sive Titus Livius a superstitione vindicatus.
Autore J. Tolando. Annexæ sunt origines judaicæ. *Hagæ-
Comitum*, 1709, in-8, mar. vert, large dent. sur les plats,
doublé et gardes en tabis rose, dent. tr. dor. (*Bisiaux.*)

> Exemplaire sur grand papier.

JURISPRUDENCE

25. De l'Esprit des loix (par Montesquieu). *Genève, Barillot, s. d.*
(1748), 2 vol. in-4, v. ant. marb.

> Édition originale publiée par J.-J. Vernet.
> Exemplaire avec la carte géographique pour l'intelligence du livre, qui
> manque souvent.

SCIENCES ET ARTS

I. SCIENCES PHILOSOPHIQUES

26. Traité historique et critique de l'opinion, par M. Gilbert-
Charles Le Gendre. *Paris, Briasson,* 1761, 7 vol. in-12, v. ant.
marb. dos orné.

27. Opuscule ou essai tendant à rectifier des préjugés nuisibles
et à former des vertueux éclairés, par un ami du genre humain (Poopds). *Londres, Fowler,* 1791, pet. in-8, papier
vélin, demi-rel. bas. fatiguée.

28. Collection des Moralistes anciens dédiée au roi. *Paris,
Didot et De Bure,* 1782-1783, 11 vol. in-18, mar. bleu, fil.
fil. à fr. dent. int. tr. dor. (*Derome.*)

> Manuel d'Epictète. — Pensées morales de Confucius. — Pensées mo-
> rales de divers auteurs chinois. — Pensées morales d'Isocrate. — Morale
> de Sénèque, 3 vol. — Caractères de Théophraste. — Sentences de Théo-
> gnis. — Entretiens de Socrate, 2 vol.
> Exemplaire du prince de Radziwill. La reliure est signée, l'étiquette
> porte : *Relié par Derome dit le jeune, établi en* 1760, *rue Saint-Jacques,
> près le collège Du Plessis, n°* 65.

29. Réflexions ou sentences et maximes morales de La Roche-
foucauld ; édition Louis Lacour. *Paris, Académie des bibliophiles,* 1868, in-8, demi-rel. mar. bleu avec coins, tête dor.
non rog.

30. Essais de Michel, seigneur de Montaigne. Édition stéréo-
type. *Paris, P. Didot et Firmin-Didot,* 1802, 4 vol. in-8,
portr. demi-rel. mar. r. à long grain, fil. non rog.

> Exemplaire sur papier vélin.

31. OEuvres complètes de Vauvenargues, précédées d'une notice sur sa vie et ses ouvrages, et accompagnées des notes
de Voltaire, Morellet et Suard. -- OEuvres posthumes. *Paris,
Brière*, 1821-1843. — Ens. 3 vol. in-8, demi-rel. mar. olive à
long grain, dos orné, non rog. (*Purgold-Hering.*)

> Bel exemplaire sur GRAND PAPIER VÉLIN.

32. Émile, ou de l'Éducation, par J.-J. Rousseau. *A Londres
(Paris, Cazin)*, 1781, 4 vol. in-18, fig. de Moreau, perc. verte,
genre Bradel.

> Exemplaire sur GRAND PAPIER, tiré in-12.

33. Traicté politique, composé par William Allen, anglois, et
traduit nouvellement en françois, où il est prouvé que tuer
un tyran n'est pas un meurtre. *Lugduni*, 1658, in-16, papier
vélin, mar. r. à long grain, dos orné, fil. en losange sur les
plats, doublé de tabis bleu, dent. tr. dor.

> Ce traité politique est la traduction d'un pamphlet anglais dirigé contre
> Cromwell et intitulé *Killing no Murder*, publié en 1657 sous le nom de
> William Allen par le colonel Silas Titus.
> Réimpression faite à Paris en 1793.

34. La Monarchie aristo-démocratique, ou le Gouvernement
composé et meslé des trois formes de légitimes républiques,
par Loys de Mayerne Turquet. *Paris, Berjon et Jean Le Bouc*,
1611, in-4 de 562 pp. vél. fil. doré, guirlande de feuillages au
centre des plats, tr. dor.

> Cet ouvrage fut supprimé par ordre de la reine-régente, parce que
> l'auteur y avait soutenu que les femmes ne doivent pas être admises au
> gouvernement de l'Etat.
> Bel exemplaire dans sa première reliure.

35. Démétrius, ou l'éducation d'un prince, ouvrage en vingt
livres, par M. Chambert. *Paris*, 1790, 2 vol. in-8, mar. r. dos
orné, fil. tr. dor. (*Rel. anc.*)

> Aux armes de GAULTIER DU BOIS.

36. Lettres sur l'esprit de patriotisme, sur l'idée d'un roy pa-
triote, ouvrage traduit de l'anglois (de Bolingbroke, par de
Bissy). *Londres*, 1750, in-8, mar. r. dos orné, fil. tr. dor.
(*Rel. anc. fatiguée.*)

> Exemplaire sur PAPIER FORT.

II. SCIENCES CHIMIQUES, NATURELLES, MÉDICALES

37. Recherches sur la découverte de l'essence de rose, par
L. Langlès, *Paris, Imprimerie impériale*, 1804, in-18 de
47 pp. demi-rel. v. f. avec coins, non rog.

Exemplaire sur PAPIER VÉLIN FORT.

38. Dictionnaire raisonné universel d'histoire naturelle, par
M. Valmont de Bomare. *Paris, Lacombe*, 1768, 6 vol. petit
in-8, mar. r. dos orné, fil. tr. dor. (*Rel. anc.*)

Aux armes de la COMTESSE DE PROVENCE, femme de Louis XVIII.

39. Chefs-d'œuvre littéraires de Buffon, avec une introduction, par M. Flourens. *Paris, Garnier*, 1864, 2 vol. gr. in-8,
portr. demi-rel. mar. violet avec coins, dos orné, fil. tête dor.
ébarbé. (*Petit et Trioullier.*)

Un des 150 exemplaires numérotés sur GRAND PAPIER DE HOLLANDE
(n° 21) avec le portrait de l'auteur en épreuve AVANT LA LETTRE, sur
CHINE.

40. Histoire naturelle éclaircie dans une de ses parties principales, l'ornithologie qui traite des oiseaux de terre, de mer
et de rivière, ouvrage traduit du latin, par M. Salerne. *Paris,
De Bure*, 1767, in-4, mar. r. dos orné, fil. tr. dor. (*Rel. anc.*)

41. Les Chats (par Paradis de Moncrif). *Rotterdam, Bernau*, 1728,
in-8, pl. gr. sur cuivre par Coypel, v. brun ant. fil. et comp.
à fr. avec encadr. de v. f. tr. marb.

42. Le Monde de la Mer, par Alfred Frédol, illustré de 21 planches sur acier tirées en couleur et de 200 vignettes sur bois
dessinées par P. Lackerbauer. *Paris, Hachette*, 1865, gr. in-8,
fig. demi-rel. mar. vert avec coins, genre Bradel, couverture,
non rog.

43. Le Monde de la Mer, par Alfr. Frédol. *Paris, Hachette*,
1866, gr. in-8, fig. et planches en couleur, demi-rel. chag.
vert avec coins, tête dor. non rog.

———

44. Ouvrage de Pénélope, ou Machiavel en médecine, par Ale-
theius Demetrius (de La Mettrie). *Berlin*, 1748, 3 vol. in-12,
mar. vert, dos orné, fil. tr. dor. (*Bradel-Derome.*)

Satire contre les médecins.
Bel exemplaire d'un livre rare, provenant des bibliothèques GUY-
PELLION et JAMES HARTMANN.

45. Nouvelles observations sur la pratique des accouchements, par P. Amand, maître chirurgien, juré à Paris, seconde édition. *Paris, d'Houry*, 1715, in-8, portrait et fig. mar. r. dos orné, fil. tr. dor. (*Rel. anc.*)

Aux armes d'ARGOUGES.

46. Réponse de Pierre-Simon Rouhault à la critique faite à son mémoire de la circulation du sang dans le fœtus humain, par Monsieur Winslow. *Turin, Mairesse*, 1728, in-4 à 2 col. texte et trad. mar. r. dos orné, fil. tr. dor. (*Rel. anc.*)

47. Traité de la Gangrène, par M. Quesnay, médecin consultant du Roy. *Paris, d'Houry*, 1749, in-12, mar. r. dos orné, fil. tr. dor. (*Rel. anc.*)

Bel exemplaire.

48. Dictionnaire raisonné d'Hippiatrique, cavalerie, manège et maréchalerie, par M. Lafosse; nouvelle édition, revue et corrigée. *A Bruxelles*, 1776, 2 vol. in-8, v. ant. vert marb.

III. ART MILITAIRE. — MUSIQUE. — POTERIE ET FAIENCE. — JEUX, ETC.

49. Les Principes de l'art militaire, où il est sommairement traicté du devoir de ceux qui commandent en une armée... Par J. de Billon, sieur de La Prugne. *Lyon, Pierre Rigaud*, 1622, 2 tomes en 1 vol. in-4, plans, vél.

50. Manière de fortifier selon la méthode de Monsieur de Vauban, avec un traité préliminaire des principes de géométrie, par M. l'abbé Du Fay. *Paris, Coignard*, 1681, in-12, mar. r. dos orné, fil. tr. dor. (*Rel. anc.*)

Aux armes de Pierre de COISLIN, évêque d'Orléans.

51. L'Art militaire françois, contenant l'exercice et le maniement des armes, tant des officiers que des soldats, représenté par des figures en taille-douce, dessinées d'après nature, avec un petit abrégé de l'exercice comme il se fait aujourd'hui (par P. Giffart). *Paris*, 1697, pet. in-8, fig. mar. r. dos orné, fil. dent. int. tr. dor. (*Masson-Debonnelle.*)

Frontispice et 85 planches gravées.

52. Livret des compagnies d'invalides détachées de l'Hôtel.

Juin 1753. — In-8 de 17 pp. mar. vert, dos orné, fil. doublé
de tabis rose, dent. tr. dor. (*Rel. anc.*)

Curieux manuscrit du siècle dernier.

53. JOURNAL DE L'EXPÉDITION DES PORTES DE FER, rédigé
par Charles Nodier, de l'Académie française. *Paris, Imprimerie royale*, 1844, gr. in-8, vign. sur bois et fig. hors texte
sur chine, cart. ébarbé.

Jolie publication illustrée par Raffet, tirée à petit nombre et non mise
dans le commerce.

Bel exemplaire dans son cartonnage original; la légende des planches
hors texte est sur papier de soie.

---

54. Storia della Musica da Giambatista Martini de'Minori con-
ventuali. *Bologna*, 1770, 3 vol. in-4, cart. non rog.

55. L'Europe galante, ballet en musique. Troisième édition
revue et corrigée. *Paris, Ballard*, 1699, in-4 obl. musique
notée, v. ant.

Fortes taches.

---

56. Jules et Georges Lecocq. Histoire des fabriques de faïence
et de poterie de la Haute Picardie. *Paris, Raphaël Simon,*
1877, in-4, fig. dans le texte et planches lithogr. en couleur,
demi-rel. mar. vert avec coins, dos orné à petits fers et mosaïqué de mar. r. fil. tête dor. non rog.

57. Histoire des poteries, faïences et porcelaines, par M. Mar-
ryat, traduit de l'anglais avec notes et additions, par MM. le
comte d'Armaillé et Salvetat. *Paris, Renouard*, 1866, 2 vol.
in-8, fig. demi-rel. mar. r. avec coins, dos orné, fil. tête dor.
ébarbé.

58. Physiologie du goût, par Brillat-Savarin, illustrée par Bertall, précédée d'une notice biographique, par Alph. Karr.
S. l. Deljonet, s. d. in-8, demi-rel. chag. bleu, plats toile.

59. Traité complet du Jeu de Trictrac, avec figures, contenant
les principes et règles de ce jeu, avec des tables de calculs
qui ne se trouvent dans aucun des traités connus (par N. Gui-
ton l'aîné). *Paris, Michaud*, 1816, in-8, fig. sur bois, demi-rel.
mar. La Vall. avec coins, tête dor. non rog.

Première édition.

IV. CHASSES ET PÊCHES

60. Dictionnaire théorique et pratique de chasse et de pêche (par J.-B.-C. De Lisle de La Salle). *Paris, Musier*, 1769, 2 vol. in-12, demi-rel. v. f. dos orné, fil. tr. marb.

61. Nouveau traité du Droit de chasse, avec un Recueil des ordonnances, édits, déclarations, arrêts et règlemens depuis Philippes le Long, jusques à Louis XIV, concernant la chasse (par F. de Launay)... *Paris, Quinet,* |1681, in-12, v. ant. gran.

62. Code des Chasses, suivant la jurisprudence de l'ordonnance de Louis XIV du mois d'août 1669, mise en conférence avec les anciennes et les nouvelles ordonnances, édits, déclarations, arrêts, etc. Troisième édition, revue et augmentée. *Paris, Prault,* 1753, 2 vol. in-12, v. ant. marb.

Timbre sur les titres.

63. Code de la Police de chasse, commenté par M. Camusat-Busserolles, revu par M. Franck-Carré. *Paris, Delamotte,* 1844, in-8, demi-rel. chag. r. tête dor. non rog.

64. La Vénerie, de Jacques Du Fouilloux, précédée de quelques notes biographiques et d'une notice bibliographique. *Angers, Lebossé,* 1844, pet. in-4, fig. sur bois, demi-rel. mar. vert avec coins, tête peigne, ébarbé.

Édition peu commune, la seule reproduisant fidèlement celle de Le Mangnier de 1585.

65. La Vénerie royale, divisée en quatre parties qui contiennent les chasses du cerf, du lièvre, du chevreuil, du sanglier, du loup et du renard... par Messire Robert de Salnove. *Paris, Antoine de Sommaville,* 1665, in-4, front. sur cuivre, demi-rel. mar. r. avec coins.

Seconde édition de cet ouvrage recherché.

66. La Chasse au fusil, par Magné de Marolles. Nouvelle édition renfermant toutes les éditions et améliorations préparées par l'auteur. *Paris, Barrois et Duprat,* 1836, in-8, demi-rel. bas. f. tr. marb.

La meilleure édition de ce traité.

67. L'École de chasse aux chiens courans, par M. Le Verrier de

La Conterie. *Rouen, Lallemant,* 1763, 2 vol. in-8, v. ant.
marb.

> Mouillures.

68. Le Chasseur au chien courant, par Elzéar Blaze. *Paris,*
Tresse, 2 vol. in-12, demi-rel. chag. vert.

69. L'Autourserie de P. de Gommer, seigneur de Lusancy,
assisté de F. de Gommer, seigneur du Breuil, son frère. *A*
Chaalons, chez Claude Guyot, 1594, pet. in-4, demi-rel. chag.
r. dos orné, fil. tr. peigne.

> COPIE MANUSCRITE, fort bien exécutée, de l'édition originale de ce ra-
> rissime traité de fauconnerie.

70. La Chassomanie, poème, par Deyeux. Compositions de
Alfred de Dreux, Beaume, Forest, etc. *Paris, Delahays,* 1856,
in-8, lithogr. demi-rel. v. f. couverture illustrée.

71. Tristia. Histoire des misères et des fléaux de la Chasse de
France, par A. Toussenel. *Paris, Dentu,* 1863, in-12, demi-
rel. chag. r. dos orné, ébarbé.

> PREMIÈRE ÉDITION, très rare.

72. Les Dons des enfans de Latone : la Musique et la Chasse du
Cerf. Poëmes dédiés au Roy (par Serré de Rieux). *Paris,*
Prault, 1734, in-8, front. et fig. d'Oudry, musique gr. v. f.
ant. dos orné.

> Quelques figures maculées.

73. Les Dons des enfans de Latone : la Musique et la Chasse du
cerf, poèmes dédiés au Roy (par J. de Serré de Rieux). *Paris,*
Prault, 1734, in-8, front. de Lebas et fig. d'Oudry, v. ant.
jaspé.

74. Bibliographie générale des ouvrages sur la Chasse, la Vénerie et la Fauconnerie... par R. Souhart. *Paris, Rouquette,*
1886, gr. in-8 à 2 col. pap. vél. demi-rel. mar. vert avec
coins, couverture, tête dor. ébarbé.

> Tiré à petit nombre.

BEAUX-ARTS

I. HISTOIRE GÉNÉRALE. — MÉLANGES

75. Histoire de la Peinture en Italie depuis la Renaissance des Beaux-Arts jusques vers la fin du xviiie siècle, par l'abbé Lanzi. Traduite de l'italien sur la 3e édition, par Mme Armande Dieudé. *Paris, Dufart, Seguin (Impr. de Didot)*, 1824, 5 vol. in-8, demi-rel. mar. r. dos orné, tête dor. ébarbé. (*Sarazin.*)

76. L'Art National, étude sur l'histoire de l'Art en France, par Henri Du Cleuziou. *Paris, Le Vasseur*, 1882, pet. in-4, fig. et pl. en chromolithogr. perc. bleue genre Bradel, ébarbé, couverture en couleur conservée.

77. Histoire de l'imagerie populaire et des cartes à jouer à Chartres, par J.-M. Garnier. *Chartres, Garnier*, 1869, in-8, fig. musique notée, cart. perc. grise, non rog.

Exemplaire sur PAPIER DE CHINE.

78. Victor Champier. Les anciens Almanachs illustrés. Histoire du calendrier depuis les temps anciens jusqu'à nos jours; ouvrage accompagné de 50 planches hors texte en noir et en couleur reproduisant les principaux almanachs illustrés ou gravés par Léonard Gaultier, Crispin de Passe, Adr. Bosse. Larmessin, Gravelot, Cochin, etc. etc. *Paris, Frinzine*, 1886, in-fol. en feuilles, pl. dans un carton.

79. Recherches sur quelques artistes lorrains : Claude Henriet, Israël Henriet, Israël Silvestre et ses descendants, par E. Meaume. *Nancy, Grimblot*, 1852, in-8, demi-rel. bas. verte.

80. Société d'Aquarellistes français, ouvrage d'art publié avec le concours artistique de tous les sociétaires, texte par les principaux critiques d'art. *Paris, Launette et Goupil*, 1883, 2 vol. en 8 fascicules in-fol. fig. et planches hors texte en photogravure, en cartons.

81. Nouvelle méthode pour apprendre à dessiner sans maître... Accompagnée de quantité d'exemples, de plusieurs figures

académiques, etc. (par Ch.-Ant. Jombert). *Paris, Jombert,*
1740, in-4, 120 pl. sur cuivre, v. ant.

Première édition de ce traité recherché.

82. Catalogue de tableaux anciens de l'école hollandaise, for-
mant l'importante collection de **M. M. K.** *Paris*, 1879, in-8,
fig. cart. perc. brune.

11 planches gravées à l'eau-forte.

83. Gazette des Beaux-Arts. *Paris,* 1872-1877, 12 vol. gr. in-8,
demi-rel. mar. orange.

Les années 1872 et 1873 sont en fascicules.

II. RECUEILS DE GRAVURES
LIVRES ILLUSTRÉS

84. Triumphus Jesu Christi crucifixi, per R. P. Bartholomœū
Riccium a Castro Fidardo, Societatis Jesu. Adrianus Collaert
figuras sculpsit. *Antverpiæ... typis Plantinianis excudit Joan-
nes Moretus,* 1608, in-8, titre gr. fig. mar. olive, fil. et comp.
à fr. milieu doré, dent. int. tr. dor. (*Capé, Masson-Debonnelle.*)

Recueil rare composé de 70 figures finement gravées par Adrien Collaert, représentant les martyrs de chaque mois qui ont été crucifiés
comme le Christ.
Les planches occupent le recto du feuillet, le verso contient une notice
sur le martyr représenté.
Bel exemplaire de Th. Powell.

85. Taferelen der voornaamste Geschiedenissen van het oude
en nieuwe Testament en andere boeken, bij de heilige
schrift geroegt door de vermaarde kunstenaars hoet Houb-
raken, en Picart, Getekent en van de beste meesters in ko-
per gesneden, en met beschrijvingen. *Graavenhage, by Pieter
de Hondt,* 1728, 4 vol. in-fol. pl. gr. v. ant. marb. dent. et
fleurons sur plats.

Bel exemplaire tiré sur papier dit impérial.

86. Suite de figures de Moreau le jeune pour les *Œuvres de
Voltaire. Paris, Renouard,* 1802, in-8, demi-rel. bas. r.

Seconde suite d'estampes publiée par l'éditeur Renouard, composée de
160 pièces y compris les portraits de Saint-Aubin.

87. Figures de l'Histoire de la République romaine, accompagnées d'un précis historique. Ouvrage exécuté par ordre du

gouvernement pour servir à l'instruction publique d'après les dessins de S. A. Mirys. Première partie, imprimée sur papier vélin. *Paris, Mirys, an VIII* (1800), in-4, fig. demi-rel. bas. verte, non rog.

Ouvrage orné d'un frontispice, de 180 et 24 planches à mi-page avec texte gravé.

88. OEuvre de Ary Scheffer reproduit en photographie par Bingham, accompagné d'une notice sur la vie et les ouvrages de Ary Scheffer, par L. Vitet. *Paris, Goupil*, 1860, in-fol. fig. demi-rel. chag. noir avec coins, tête dor. ébarbé.

60 planches en photographie montées sur chine.

89. Scene di Societa, ossia Piacevole Collezione di rami e di analoghe illustrazioni desunte dagli umani costumi. Volume primo. *Roma, Salviucci*, 1832, pet. in-4, pl. demi-rel. bas. f.

Ouvrage illustré de 24 lithographies en couleur; le texte est en vers et occupe 96 pp.

90. Le Musée pour rire, dessins par tous les caricaturistes de Paris; texte par MM. Maurice Alhoy, Louis Huart et Th. Philippon. *Paris, Aubert*, 1839-1840, 3 vol. in-4, fig. demi-cart. perc. r. non rog.

Premier tirage des dessins lithographiés signés : Daumier, Gavarni Grandville, Traviès, etc.

91. La Revue comique, texte par MM. A. Lireux, E. de La Bédollière, Gérard de Nerval, etc.; dessins par MM. Bertall, Nadar, etc. *Paris, Dumineray*, 1848-1849, gr. in-8, texte à 2 col. fig. demi-rel. v. bleu.

92. Assemblée Nationale comique, par Auguste Lireux, illustré par Cham. *Paris, Michel Lévy fr.*, 1850, gr. in-8, fig. demi-rel. mar. bleu avec coins, fil. tête dor. ébarbé.

Bel exemplaire.

93. Messieurs les Cosaques. Relation charivarique, comique et surtout véridique des hauts faits des Russes en Orient, par M. Taxile Delord, Clément Caraguel et Louis Huart. 100 vignettes par Cham. *Paris, Lecou*, 1855, 2 vol. in-12, fig. cart.

94. Un autre Monde, par Grandville. *Paris, Fournier*, 1844, in-4, fig. demi-rel. mar. r. avec coins, dos orné, fil. tête dor. non rog. couverture.

Texte par Taxile Delord; les planches sont en noir.

95. Les Fleurs animées, par J.-J. Grandville; introductions par Alph. Karr, texte par Taxile Delord. *Paris, Gonet,* 1847, 2 parties en 1 vol. gr. in-8, fig. noires et en coul. demi-rel. mar. vert avec coins, tête dor. non rog.

96. Les Fleurs animées par J.-J. Grandville, introductions par Alph. Karr, texte par Taxile Delord. *Paris, Gonet,* 1847, 2 parties en 1 vol. gr. in-8, planches gravées sur acier et coloriées, demi-rel. chag. vert, tr. dor.

97. Les Toquades, illustrées par Gavarni. Étude de mœurs par Ch. de Bussy. *Paris, Martinon, s. d.* pet. in-4, pl. hors texte, demi-rel. chag. r. ébarbé.

98. Sonnets et eaux-fortes, MDCCCLXIX. *Paris, Lemerre* (1869), in-4, pl. demi-rel. mar. r. avec coins, tête dor. ébarbé.

> Édition tirée à petit nombre ; les planches ont été détruites. Sonnets et eaux-fortes des poètes et artistes contemporains.
> Exemplaire monté sur onglets.

99. Croquis maritimes, par Sahib. *Paris, Vanier,* 1880, in-4, fig. cart. perc. r. fers spéciaux, tr. dor.

III. PORTRAITS

100. L'Europe illustre, contenant l'histoire abrégée des souverains, des princes, des prélats, des ministres. des grands capitaines, des magistrats, etc., dans le xve siècle compris jusqu'à présent, par M. Dreux du Radier, ouvrage enrichi de portraits gravés par les soins du sieur Odieuvre. *Paris, Nyon,* 1777, 6 vol. gr. in-8, portraits, bas. marb.

101. Le Plutarque français, vie des hommes et femmes illustres de la France, avec leurs portraits en pied, publié par Ed. Mennechet. *Paris, Crapelet,* 1835, 4 vol. gr. in-8 à 2 col. portraits, demi-rel. chag. vert.

102. Portraits des personnages célèbres de la Révolution par François Bonneville, avec tableau historique et notices de P. Quenard. *Paris, chez l'auteur,* 1796-1797, 3 vol. in-4, port. demi-rel. bas.

103. Galerie historique des portraits de la troupe de Molière, gravés à l'eau-forte, sur des documents authentiques par Frédéric Hillemacher. *Lyon, Scheuring,* 1869, in-8, pap. de

Holl. portr. à l'eau-forte, demi-rel. mar. brun avec coins, fil. tête dor. ébarbé.

Tiré à petit nombre et recherché.

104. **Galerie historique des comédiens de la troupe de Nicolet.** Notices sur certains acteurs et mimes qui se sont fait un nom dans les annales des scènes secondaires depuis 1760 jusqu'à nos jours, par E.-D. de Manne et C. Ménétrier, avec des portraits gravés à l'eau-forte par Frédéric Hillemacher. *Lyon, Scheuring*, 1869, in-8, pap. vergé, portr. demi-rel. mar. bleu avec coins, dos orné, fil. tête dor. ébarbé.

Tiré à petit nombre.

105. **Galerie historique des comédiens de la troupe de Talma.** Notices sur les principaux sociétaires de la Comédie Française depuis 1789 jusqu'aux trente premières années de ce siècle. (Ouvrage faisant suite à la troupe de Voltaire). Par E.-D. de Manne. Avec des portraits gravés à l'eau-forte, par Frédéric Hillemacher. *Lyon, Scheuring*, 1866, in-8, pap. vergé, portr. demi-rel. mar. vert avec coins, dos orné, fil. tête dor. ébarbé.

Tiré à petit nombre.

106. **Galerie historique de la Comédie-Française** pour servir de complément à la troupe de Talma depuis le commencement du siècle jusqu'à l'année 1853, par E.-D. de Manne et C. Ménétrier; ornée de portraits gravés à l'eau-forte, par M. Fugère. *Lyon, Scheuring*, 1876, in-8, pap. vergé, portr. demi-rel. mar. r. avec coins, dos orné, fil. tête dor. ébarbé.

Tiré à petit nombre.

107. **Galerie historique des portraits des comédiens de la troupe de Voltaire** gravés à l'eau-forte, sur des documents authentiques, par Frédéric Hillemacher, avec des détails biographiques par E.-D. de Manne. *Lyon, Scheuring*, 1861, in-8, port. demi-rel. mar. bleu avec coins, dos orné, fil. tête dor. non rog. (*David.*)

108. **Galerie historique des acteurs français, mimes et paradistes,** par E.-D^is de Manne et C. Ménétrier, ornée de portraits gravés à l'eau-forte par I.-M. Fugère. *Lyon, Scheuring*, 1876, in-8, port. demi-rel. mar. r. avec coins, tête dor. non rog. couverture.

109. **Galerie théâtrale, ou Collection des portraits en pied des**

principaux acteurs des trois premiers théâtres de la capitale. Gravé par les plus célèbres artistes. *Paris, Bance, s. d.* 3 vol. in-4, port. demi-rel. chag. r. plats toile, tête dor.

110. Les Français peints par eux-mêmes : Encyclopédie morale du xix° siècle. *Paris, Curmer*, 1840-1842, 8 vol. gr. in-8, fig. et planches hors texte, demi-rel. bas. violette.

Exemplaire avec les planches COLORIÉES; la reliure est fatiguée.

111. Les Femmes de la Bible, principaux fragments du peuple de Dieu, par l'abbé G. Darboy. Avec collection de portraits des femmes célèbres de l'Ancien et du Nouveau Testament gravés par les meilleurs artistes, d'après les dessins de G. Staal. *Paris, Garnier*, 1850-1851, 2 vol gr. in-8, portr. sur acier, chag. vert, dos et plats couverts de comp. spéciaux, tr. dor.

Bel exemplaire dans sa reliure originale de l'éditeur.

112. Les Femmes de Gœthe, dessins de W. de Kaulbach, avec un texte par Paul de Saint-Victor. *Bruxelles, Lebègue*, 1872, in-fol. fig. cart. perc. r. fers spéciaux, tête dor.

IV. COSTUMES, VUES, FÊTES, ETC.

113. Figures des différents habits des chanoines réguliers en ce siècle. Avec un discours sur les habits anciens et modernes des chanoines tant séculiers que réguliers. Par le P. C. Du Molinet. *Paris, Siméon Piget, s. d.* (1666), in-4, titre-front. gr. et 31 pl. sur cuivre, v. f. ant. dos orné.

114. HISTOIRE DES ORDRES MONASTIQUES religieux et militaires, et des Congrégations séculières de l'un et de l'autre sexe (par le P. Helyot, continuée par le P. Maximilien Bullot). *Paris, Gosselin*, 1714-1719, 8 vol. in-4, fig. v. f. ant.

Bel exemplaire du PREMIER TIRAGE.

115. Costumes du Directoire, tirés des *Merveilleuses*, avec une lettre de Victorien Sardou. 30 eaux-fortes de A. Guillaumot fils, avec un portrait de M. V. Sardou dessiné et gravé par M. Guillaumot père ; dessin de MM. Eugène Lacoste et Draner d'après des estampes du temps, tirés chez Chardon ainé. *Paris, Rouquette*, 1875, in-4, pl. demi-rel. mar. La Vall. avec coins, fil. tête dor. non rog.

Exemplaire sur PAPIER VÉLIN FORT, avec les planches finement coloriées.

116. Tableaux de l'habillement, des mœurs et des coutumes dans la République batave, au commencement du xixᵉ siècle. *Chez E. Maaskamp, à Amsterdam, s. d.* (1804), in-4, fig. en coul. cart.

> 20 planches de costumes avec texte en hollandais et français.

117. Vues de Versailles, gravées sur les dessins au naturel par Guillaume Swidde. *Amsterdam, de Lespine, s. d.* (1685), in-4 oblong, pl. v. ant. marb.

> 138 planches.

118. La Suisse pittoresque, ornée de vues dessinées par W.-H. Bartlett, texte par W. Beathe, traduit par L. de Bauclas. *Londres et Paris*, 1836, 2 vol. in-4, pl. gr. demi-rel. mar. violet à long grain, tête dor.

119. L'Ordre tenu à l'entrée de très haute et très chrétienne Princesse Madame Élizabet d'Austriche, royne de France (le 29 du mois de mars 1571). *S. l. n. d.* in-4, planches sur bois, exécutées par Olivier Codoré, v. ant. gran.

> Troisième partie, qui forme la fin du : *Bref et sommaire recueil de ce qui a été faict et de l'ordre tenu à la joyeuse et triomphante entrée de Charles IX roy de France en sa bonne ville et cité de Paris le mardi sixième jours de mars, avec le couronnement de Madame Elisabet d'Autriche son épouse. 1572.*

120. Coup d'OEil sur Bel-OEil et sur une grande partie des Jardins de l'Europe (par le prince de Ligne). *A Bel-OEil et à Bruxelles, chez Hayez*, 1786, in-8, demi-rel. chag. r. avec coins, dos orné, fil. non rog.

> Seconde édition, très augmentée, de ce livre peu commun.

BELLES-LETTRES

I. LINGUISTIQUE. — RHÉTORIQUE.

121. Nouveaux Synonymes françois. Ouvrage dédié à l'Académie françoise, par M. l'abbé Roubaud. *Paris, Moutard*, 1785, 4 vol. in-8, mar. vert à long grain, dos orné, large dent. doublé de tabis lilas, dent. tr. dor. (*Doll.*).

> Bel exemplaire aux armes et à l'*ex-libris* de la Duchesse de Berry. Reliure fraîche.

122. Les Epithètes de M. de La Porte, Parisien, avec brièves annotations sur les noms et dictions difficiles. Dernière édition. *Lyon, Rigaud,* 1602, in-16, mar. r. dos orné, fil. dent. int. tr. dor. (*Capé.*)

123. M. Fab. Quintiliani Declamationes quæ ex CCCLXXXVIII supersunt CXLV... *Lutetiæ, apud Mamertum Patissonium,* 1580, in-8, mar. r. dos orné, fil. fleurons, tr. dor. armoiries. (*Rel. anc.*)

Un nom caché sur le titre.

124. Lysiæ Atheniensis, unius decem Græciæ oratorium, Orationes XXXIV... De græcis latine redditæ et politicis notis illustratæ à Jodoco Vander-Heidio. *Hanoviæ, typis Wechelianis,* 1615, 2 vol. in-8 à 2 col. texte grec et latin, mar. r. dos orné à petits fers, fil. tr. dor. (*Rel. anc.*)

Bonne édition faite sur le texte d'Henri Estienne.

125. Réflexions sur l'usage de l'Éloquence de ce temps. Seconde édition, reveuë, corrigée et augmentée par l'auteur (René Rapin). *Paris, Muguet et Barbin,* 1672, pet. in-8, mar. r. dos orné, fil. et comp. à la Du Seuil, tr. dor. (*Rel. anc.*)

Un nom gratté sur le titre.

II. POÉSIE

1. POÈTES GRECS ET LATINS

126. L'Iliade et L'Odyssée d'Homère, avec des remarques ; précédé de réflexions sur Homère et sur la traduction des poètes, par M. Bitaubé. *Paris, Didot l'aîné,* 1787, 12 vol. in-18, portrait, mar. r. dos orné, dent. tr. dor.

Exemplaire sur PAPIER VÉLIN.

127. Titi Lucretii Cari de Rerum Natura Libri sex quibus interpretationem et notas addidit Thomas Creech. *Oxonii,* 1695, in-8, mar. r. dos orné, fil. tr. dor. (*Rel. anc.*)

Aux armes de SERART.

128. Di Tito Lucrezio Caro della Natura delle Cose, libri sei. Tradotti dal latino in italiano da Alessandro Marchetti, dati nuovamente in luce da Francesco Gerbault. *In Amsterdamo*

(Paris), 1754, 2 vol. gr. in-8, front. et titres d'Eisen, fig.
vignettes et culs-de-lampe par Cochin, Eisen, etc. demi-rel.
v. f. dos orné.

Jolie édition recherchée imprimée sur papier de Hollande.
Bel exemplaire NON ROGNÉ.

129. Les Géorgiques de Virgile, traduites en vers français par
Delille. Édition à laquelle on a joint le texte latin, avec les
notes et les variantes. *Paris, Didot jeune, An II* (1794), in-8,
fig. v. marb. fil. tr. dor.

130. TRADUCTION DES GÉORGIQUES DE VIRGILE, par M. L.-F.-D.-P.
(Lefranc de Pompignan). In-4, mar. r. dos orné, fil. tr. dor.
(Derome.)

JOLI MANUSCRIT du XVIIIᵉ siècle couvert d'une belle reliure de Derome
avec dos orné *à l'oiseau*.

131. OEuvres complètes d'Horace traduites par Charles Bat-
teux, édition augmentée d'un commentaire par M. L. Achain-
tre. *Paris, Dalibon*, 1823, 3 vol. in-8, portrait, demi-rel. v.
f. tête dor. non rog.

Exemplaire sur GRAND PAPIER VÉLIN; portrait sur Chine.

132. Les Métamorphoses d'Ovide, avec des Explications à la
fin de chaque fable. Traduction nouvelle, de l'abbé de Bel-
legarde. *Paris, Michel David*, 1701, 2 vol. in-8, nombreuses
fig. à mi-page sur cuivre, mar. r. dos orné, fil. tr. dor. *(Rel.
anc.)*

Exemplaire portant sur le dos de la reliure les armes d'AUBUSSON DE
LA FEUILLADE.

133. Les Métamorphoses d'Ovide, traduites en françois par
M. Duryer. *La Haye, Gosse*, 1728, 4 vol. in-12, fig. non sign.
mar. r. dos orné, fil. tr. dor. *(Rel. anc.)*

134. LES MÉTAMORPHOSES D'OVIDE en latin et en françois,
de la traduction de M. l'abbé Banier. *Paris, Delalain*, 1767-
1770, 4 vol. in-4, fig. de Choffard, d'Eisen, de Moreau, bas.
violette, tr. dor.

135. Le Livre de Geta et de Birria, ou l'Amphitryonéïde, poème
latin de Vital de Blois, auteur du XIIᵉ siècle, traduit en français (par Anatole de Montaiglon). *S. l. (Paris)*, 1848, in-8,
cart. non rog.

Reproduction fac-similée, tirée à 75 exemplaires, du manuscrit original de cette traduction.

2. POÈTES FRANÇAIS

136. Fabliaux et Contes des poètes françois des XIe, XIIe, XIIIe, XIVe et XVe siècles, tirés des meilleurs auteurs; publiés par Barbazan. *Paris, Warée*, 1808, 4 vol. front. — Nouveau recueil de Fabliaux et contes inédits publié par M. Méon, *Paris, Chasseriau*, 1823, 2 vol. — Ens. 6 vol. in-8, demi-rel. v. brun.

137. ✱ LE ROMMANT DE LA ROSE nou‖vellement reveu et corrigé ‖ oultre les précédentes ‖ impressions. ‖ *On le vend à Paris, par Galliot du Pré*, 1529, pet. in-8 de 8 ff. prél. non ch. et 403 ff. de texte, plus 1 f. non ch. pour la marque de Galliot du Pré, car. ronds, vign. sur bois, mar. r. dos orné. (*Rel. anc.*)

Jolie éditon, très rare, sortie des presses de Pierre Vidoue; elle est ornée de belles petites vignettes sur bois.

Exemplaire de CORBINELLI, auteur de l'*Histoire généalogique de la Maison de Gondy*, et grand ami de Madame de Sévigné, avec sa SIGNATURE sur le titre et des NOTES AUTOGRAPHES en marge de quelques ff.

138. OEuvres complètes de Rutebeuf, trouvère du XIIIe siècle, recueillies et mises au jour pour la première fois par Achille Jubinal. *Paris, Delahays, s. d.* 3 vol. in-12, pap. de Holl. demi-rel. mar. r. avec coins, tête dor. non rog.

139. Poésies morales et historiques d'Eustache Deschamps, écuyer des rois Charles V et Charles VI, publiées pour la première fois, d'après le manuscrit de la Bibliothèque du Roi, par Crapelet. *Paris, Crapelet*, 1832, gr. in-8, pap. vél. fac-similé, demi-rel. v. f. avec coins, dos orné, fil.

De la *Collection des anciens monumens de la langue françoise.*

140. OEuvres de Clément Marot, revûes sur plusieurs manuscrits et sur plus de quarante éditions et augmentées des ouvrages de Jean Marot, son père, et de ceux de Michel Marot, son fils... *La Haye, Gosse et Neaulme*, 1731, 6 vol. in-12, demi-rel. v. r. dos orné, non rog.

Jolie édition recherchée, plus complète que les précédentes.

141. Poésies de Pernette du Guillet, lyonnaise. *Lyon, Perrin*, 1830, in-8, demi-rel. chag. r. fil. ébarbé.

Reproduction en fac-similé de l'édition originale de 1545. On y a ajouté une notice sur Pernette du Guillet, extraite des *Vies des poètes français* par Guillaume Colletet, des notes et un glossaire par M. Breghot du Lut.

Cette édition n'a été tirée qu'à 100 exemplaires numérotés.

142. Poésies profanes de Claude de Morenne, évêque de Séez, 1601-1606; suivies de sa satire, regrets et tristes lamentations du comte de Mongommery, etc. publiées et annotées par L. Duhamel. *Caen, Le Gost-Clérisse*, 1864, pet. in-8, pap. de Holl. demi-rel. mar. vert, tête dor. ébarbé.

Tiré à petit nombre.

143. Les Poésies de Gombauld. *Paris, Courbé*, 1646, in-4, v. ant. marb. dos orné, fil.

Exemplaire aux armes de PAULIN PRONDRE DE GUERMANTE.

144. Œuvres de Math. Regnier, revues sur les éditions originales avec notes extraites de tous les commentateurs. *Paris, Delarue, s. d.* in-12, pap. de Holl. demi-rel. mar. bleu avec coins, dos orné, fil. tête dor. non rog.

145. Les Œuvres de Racan. *Paris, Coustelier*, 1724, 2 vol. pet. in-8, v. ant. gran.

146. La Lyre du jeune Apollon, ou la Muse naissante du petit de Beauchasteau. *Paris, Charles de Sercy et Guillaume de Luynes*, 1657, in-4, portr. demi-rel. v. f. avec coins, dos orné.

PREMIÈRE ÉDITION, rare, de ce recueil de vers d'un jeune improvisateur âgé de 11 ans. Elle est ornée de 22 jolis portraits, gravés sur cuivre, représentant Louis XIV, Anne d'Autriche, Christine de Suède, Mazarin, Fouquet, etc.

147. Contes et Nouvelles en vers, par M. de La Fontaine. *A Londres (Paris)*, 1743, 2 vol. pet. in-12. front vign. et fleurons non signés, mar. vert, dos orné, fil. tr. dor. (*Rel. anc.*)

148. Contes et Nouvelles en vers de La Fontaine. *Amsterdam*, 1745, 2 vol. pet. in-8, front. et fig. à mi-page, v. f. ant. fil. tr. dor.

Taches; reliure fatiguée.

149. CONTES ET NOUVELLES en vers, par Jean de La Fontaine. *Paris, Didot l'aîné*, 1795, 2 vol. in-4, fig. de Fragonard, mar. bleu, dos orné, comp. à fr. et dor. tr. dor.

Quelques planches sont avant les numéros.

150. Contes et Nouvelles en vers, par Jean de La Fontaine, ornées d'estampes d'Honoré Fragonard, Monnet, Touzé et Milius. Edition revue et précédée d'une notice par Anatole de Montaiglon. *Paris, Rouquette*, 1883, 2 vol. in-8, portr. et

fig. à l'eau-forte, demi-rel. mar. r. avec coins, dos orné, fil. tête dor. couvertures, non rog. (*Smeers-Engel.*)

Bel exemplaire, un des 50 sur GRAND PAPIER WHATMAN, avec une double épreuve de la suite des eaux-fortes, avec et AVANT LA LETTRE.

151. Contes de La Fontaine, avec illustrations de Fragonard; réimpression de l'édition de Didot, 1795, revue et augmentée d'une notice par M. Anatole de Montaiglon. *Paris, Lemonnyer*, 1883, 2 vol. in-4, fig. demi-rel. mar. r. avec coins, dos orné, fil. tête dor. non rog.

152. FABLES CHOISIES mises en vers par J. de La Fontaine. *Paris, Desaint et Saillant*, 1755-1759, 4 vol. in-fol. fig. d'Oudry, v. ant. éc. fil. tr. dor.

Bel exemplaire.

153. Fables de La Fontaine, avec figures gravées par MM. Simon et Coiny. *Paris, Bossange, Masson et Besson, an IV* (1796), 4 vol. in-8, fig. v. ant. gran. fil, tr. dor.

Exemplaire sur PAPIER VÉLIN.

154. Fables de La Fontaine. *Paris, P. Didot*, 1813, 2 vol. in-8, cart. non rog.

155. Fables de La Fontaine illustrées par J.-J. Grandville. Nouvelle édition. *Paris, Fournier*, 1838, 2 vol. in-8, fig. cart.

Deuxième édition sous cette date des vignettes de Grandville.

156. Fables de La Fontaine, notices par M. Poujoulat. Cinquante gravures et un portrait à l'eau-forte par V. Foulquier *Tours, Mame*, 1875, gr. in-8, fig. br.

Exemplaire sur PAPIER DE HOLLANDE.

157. Fables de La Fontaine, édition illustrée de 75 planches à l'eau-forte par A. Delierre. *Paris, Quantin*, 1883, 2 vol. in-4, fig. demi-rel. mar. r. avec coins, dos orné, fil. tête dor. non rog.

158. OEuvres diverses du Sieur D... (Boileau), avec le Traité du sublime... *A Paris, chez Claude Barbin*, 1674, in-4, front. et fig. sur cuivre, v. ant. gran.

PREMIÈRE ÉDITION de Boileau sous le titre d'*OEuvres*.
Nom sur le titre.

159. OEuvres diverses du Sr Boileau Despréaux, avec le Traité du sublime ou du merveilleux dans le discours, traduit du

grec de Longin. *Paris, Ve Barbin*, 1701, in-4, front. mar. r.
dos orné, fil. dent. int. tr. dor.

PREMIÈRE ÉDITION parue avec le nom de l'auteur, qui, dans la préface,
la nomme son *Edition favorite*.
Bel exemplaire.

160. OEuvres de Boileau-Despréaux. *Paris, Didot l'aîné*, 1815,
3 vol. in-8, demi-rel. mar. r. à long grain.

Taches d'humidité.

161. OEuvres de Boileau-Despréaux, avec un commentaire
par M. de Saint-Surin. *Paris, Blaise*, 1821, 4 vol. in-8, portr.
et fig. d'Horace Vernet, Hersent, Bergeret, etc., demi-rel.
v. f. avec coins, dos orné, fil. tête dor. non rog. (*Lardière.*)

Bel exemplaire NON ROGNÉ.

162. OEuvres complètes de Boileau, accompagnées de notes
historiques et littéraires et précédées d'une étude sur sa vie
et sur ses ouvrages, par A.-Ch. Gidel. *Paris, Garnier*, 1870,
4 vol. gr. in-8, portr. et fig. demi-rel. mar. violet avec coins,
dos orné, fil. tête dor. ébarbé. (*Petit-Simier.*)

Un des 150 exemplaires numérotés sur GRAND PAPIER DE HOLLANDE
(n° 3) avec les figures en épreuves AVANT LA LETTRE, sur CHINE.

163. OEuvres de J.-B. Rousseau. Nouvelle édition, avec un
commentaire historique et littéraire. *Paris, Lefèvre*, 1820,
5 vol. in-8, cuir de Russie, dent. à fr. et or, tr. dor. (*Thouvenin.*)

164. OEuvres de J.-B. Rousseau, avec une introduction sur sa
vie et ses ouvrages et un nouveau commentaire, par Antoine
de Latour. *Paris, Garnier*, 1869, gr. in-8, portr. demi-rel.
mar. violet avec coins, dos orné, fil. tête dor. non rog.

Exemplaire NON ROGNÉ, un des 150 numérotés sur GRAND PAPIER DE
HOLLANDE (n° 11) avec le portrait sur CHINE, en épreuve AVANT LA LETTRE.

165. Essai du nouveau Conte de ma Mère l'Oye, ou les Enlu-
minures du jeu de la Constitution (par l'abbé Débonnaire).
S. l. 1722, in-8, demi-rel. mar. vert avec coins, dos orné,
fil. tête dor. non rog.

Poème rare.

166. La Henriade de M. de Voltaire. *A Londres*, 1728, in-4, fig.
mar. bleu, dos orné, large dent. et fleurons sur les plats, tr. dor.

PREMIÈRE ÉDITION de ce poème, sous ce titre et la première illustrée
ornée d'un frontispice, 10 grandes figures, 10 vignettes et 10 culs-de-
lampe par de Troy, Lemoine, Vleughels, etc.
Sur le refus du roi de France, ce fut à la reine d'Angleterre que ce
livre fut dédié; la dédicace est en anglais.

167. La Henriade (par Voltaire). Nouvelle édition. *A Paris, chez la veuve Duchesne, Saillant, Desaint, s. d.* (1769-1770), 2 vol. in-8, front. titre gr. avec portr. de Voltaire, fig. et vign. d'Eisen, v. ant. marb. dos orné, fil. tr. marb.

> Jolie édition recherchée.

168. La Henriade, poëme de Voltaire, ornée de dessins lithographiques. *Paris, Dubois,* 1825, 2 vol. in-fol. demi-rel. chag. noir avec coins, fil. non rog.

> Le second volume, servant d'album, renferme 91 planches lithographiées, les estampes d'après H. Vernet, les portraits d'après Mauzaire.
> Belles épreuves AVANT LA LETTRE.

169. L'Art de peindre, poëme, avec des réflexions sur les différentes parties de la peinture, par M. Watelet. *Paris, Guérin,* 1760, in-4, fig. v. ant. marb.

> Exemplaire sur PAPIER DE HOLLANDE.

170. Le P....age nageur. Conte (par J.-F. Cailhava d'Estendoux). *S. l. n. d. (Paris, Lambert,* 1767), in-8, pap. de Holl. titre gr. cart. Bradel perc. rose.

171. Palissot : La Dunciade, poëme, nouvelle édition, 2 vol. — L'Homme dangereux, comédie, 1 vol. — *Amsterdam,* 1770-73. — Ens. 3 vol. in-8, v. f. ant. fil. tr. dor.

> Aux armes de la DUCHESSE DE MOUCHY.

172. Dorat : Les deux Reines, drame héroïque, suivi de Sylvie et Molishoff, imitation libre de l'anglois, 1 fig. de Parizeau. — Lettres d'une chanoinesse de Lisbonne à Melcour, officier françois ; 1 fig. 1 vign. et 1 cul-de-lampe d'Eisen. — Ma Philosophie, 1 fig. de Marillier. — *La Haye et Paris, Delalain, Jorry,* 1770-71. — Ens. 3 ouvrages en 1 vol. in-8, v. f. ant. dos orné, fil. tr. dor.

173. Recueil de Contes et de Poëmes, par M. D*** (Dorat). *La Haye et Paris, Delalain,* 1770, in-8, front. fig. vign. et culs-de-lampe d'Eisen, v. ant. marb. dos orné, fil. tr. dor.

> Ce recueil renferme : *L'Isle Merveilleuse, Irza et Marsis, les Cerises, la Méprise,* etc.

174. Le Jugement de Pâris, poëme en IV chants, par M. Imbert. *Amsterdam (Paris),* 1772, in-8, titre-front. et fig. de Moreau, vign. de Choffard, demi-rel. v. ant. plats vélin.

175. L'Agriculture, poëme (par de Rosset). *Paris, Imprimerie*

royale, 1774, in-4, front. de Saint-Quentin, fig. de Loutherbourg et vign. de Marillier, v. ant. éc. dos orné, fil.

> Bel exemplaire, très bon d'épreuves.

176. Les Saisons, poëme (par de Saint-Lambert). *A Amsterdam,* 1775, in-8, fig. de Moreau et en-têtes de Choffard, v. vert marb. dos orné, fil.

177. Les Saisons, poëme (par Saint-Lambert). *A 'Amsterdam,* 1775, gr. in-8, fig. de Moreau le jeune, v. ant. éc. dos orné, fil. tr. dor.

> Bel exemplaire.

178. Les Quatre Heures de la Toilette des Dames, poëme ér... en quatre chants, par M. de Favre. *Paris, Bastien,* 1779, gr. in-8, front. fig. vign. et culs-de-lampe de Le Clerc, demi-rel. mar. r. avec coins, tête dor. non rog.

> Exemplaire NON ROGNÉ.
> Taches à une figure.

179. Les Mois, poëme en douze chants, par M. Roucher. *Paris, Quillau,* 1779, 2 vol. gr. in-4, fig. de Cochin, Marillier et Moreau, v. ant. marb. dos orné, fil.

180. Les Mois, poëme en douze chants, par M. Roucher. *Paris, Quillau,* 1779, 2 vol. in-4, fig. de Cochin, Marillier et Moreau, v. ant. éc. fil. tr. marb.

181. Ad majorem gloriam virtutis. Fragmens d'un poëme moral sur Dieu (par Sylvain Mareschal). *A Athéopolis,* 1781, in-8 de 91 pp. cart. perc. noire, non rog.

182. La Tentation de S. Antoine, ornée de figures et de musique (par Sedaine). — Le Pot-Pourri de Loth, orné de figures et de musique (par le même). — *A Londres,* 1781. — Ens. 2 parties en 1 vol. gr. in-8, v. vert quadrillé, dos orné, dent. tr. dor.

> Joli volume orné de 18 figures de Borel, gravées par Elluin.
> Bel exemplaire, relié sur brochure, avec les figures AVANT LA LETTRE.

183. Le Petit Neveu de Boccace, ou Contes nouveaux, en vers. Nouvelle édition, revue, corrigée et augmentée de 2 volumes, par M. Pl. D. (Plancher de Valcour). *A Amsterdam,* 1787, 3 vol. in-8, demi-rel. bas. r.

> Exemplaire sur PAPIER ROSE.
> Griffe sur le titre.

184. Le Roi de Portugal, conte, suivi des Deux Achilles, conte dédicatoire, et d'une épitre au juif Hirschel (par Bonnet de Martanges). *S. l.* 1788, in-8, fig. demi-rel. bas. f.

Ouvrage peu commun, orné de trois jolies figures non signées, avec légendes à la pointe-sèche.

185. Le Petit Neveu de Vadé (par J.-N. Harvant. *Aux Porcherons*, 1791, pet. in-12, fig. non relié.

186. Œuvres de P.-J. Bernard, ornées de gravures d'après les dessins de Prud'hon; la dernière estampe gravée par lui-même. *Paris, Didot l'aîné,* 1797, in-4, papier vélin, fig. demi-rel. chag. vert avec coins, tête dor. ébarbé.

187. Œuvres de François-Joachim de Pierre, cardinal de Bernis. On y a joint le poëme de la Religion vengée, ouvrage posthume de l'auteur. *Paris, P. Didot l'aîné,* 1797, in-8, fig. demi-rel. mar. violet à long grain, dos orné, non rog. (*Thouvenin.*)

Exemplaire sur GRAND PAPIER VÉLIN; les figures de l'édition, en épreuves AVANT LA LETTRE, ne sont pas reliées, mais sont à part, à toutes marges.

188. Œuvres badines de J.-J. Vadé et de L'Écluse. *Paris,* 1798, pet. in-12, portrait, en feuilles.

189. Les Quatre Métamorphoses. Poëmes (par Népomucène Lemercier). *Paris, Laloy, an VII* (1799), in-8 de 60 pp. demi-rel. mar. r. avec coins. .

Poëmes peu communs.

190. Poésies de Vasselier, membre de l'Académie de Lyon. — Contes de Vasselier. *Paris, impr. d'Egron,* 1800. — Ens. 2 vol. in-12, demi-rel. mar. violet à long grain, dos orné, non rog. (*Thouvenin.*)

Bel exemplaire NON ROGNÉ, sur GRAND PAPIER VÉLIN, tiré in-8, orné d'un joli portrait de l'auteur gravé à la manière noire.

191. Les Rosecroix, poème en douze chants, par Evariste Parny. *Paris, Renouard,* 1807, pet. in-8, mar. violet à long grain, fil. tr. dor.

ÉDITION ORIGINALE.

192. Œuvres d'Évariste Parny. *A Paris, chez Debray, de l'impr. de P. Didot l'aîné,* 1808, 5 vol. in-16, mar. r. dos orné, dent. tr. dor. (*Bozérian.*)

Bel exemplaire sur PAPIER VÉLIN.

193. Élégies et poésies diverses par Mme Victoire Babois. *Paris,
Le Normant*, 1810, in-8, demi-rel. mar. bleu avec coins, dos
orné, fil. tête dor. non rog.

PREMIÈRE ÉDITION.

194. Mes Riens pour rien. *Dijon, impr. de Carion, s. d.* (1814),
in-8, front. v. porphyre, dos orné, dent.

Recueil tiré à très petit nombre, composé par Hugues et Pierre-Louis
Delaloge; il renferme une comédie, des fables, charades, logogriphes,
odes, etc. Il est orné d'un frontispice par Louis Delaloge, tiré sur PAPIER
ROSE.

195. Le Terme d'un Règne, ou le Règne d'un Terme ; relation
véridique, écrite en forme de Pot-Pourri, sous la dictée de
Cadet Buteux, par Désaugiers, son secrétaire intime. *Paris,
Rosa*, 1815, in-8 de 41 pp. demi-rel. toile rouge avec coins,
fil. ébarbé.

Recueil de chansons contre Napoléon 1er ; on y a joint la musique de
ces chansons, 32 pp. gr. sur cuivre.

196. Contes en vers ér... co-philosophiques, par M. D.-B. d'Au-
berval. *Bruxelles, Demanet*, 1818, 2 vol. in-8, demi-rel. v. f.

197. Chant du Sacre, ou la Veille des Armes, par A. de Lamartine. *Paris, Baudouin*, 1825. — Le Sacre de Charles X, ode
par Victor Hugo. *Paris, Ladvocat, s. d.* — La Vision, par
Mlle Delphine Gay. *S. l.* 1825. — Sainte Geneviève, ode sur le
baptême de Monseigneur le Duc de Bordeaux, par J.-V. Pé-
riés. *Paris, P. Didot, s. d.* — Élégies Savoyardes, par
M. Alexandre Guiraud. *Paris, Trouvé*, 1823. — Ens. 5 pièces
en 1 vol. in-8, cart. genre bradel, ébarbé.

ÉDITIONS ORIGINALES.

198. Jocelyn. Épisode-Journal trouvé chez un curé de village ;
par Alphonse de Lamartine. *Paris, Gosselin*, 1836, 2 vol. in-8,
demi-rel. v. r. dos orné, ébarbé.

ÉDITION ORIGINALE.

199. Œuvres poétiques de Lamartine. *Paris, Hachette*, 1876-
1879, 6 vol. in-8, demi-rel. mar. vert avec coins, genre
bradel.

Jocelyn. — Méditations poétiques. — Harmonies poétiques et reli-
gieuses. — La Mort de Socrate, etc. — La Chute d'un ange. — Recueil-
lements poétiques.
Exemplaire sur PAPIER DE CHINE, NON ROGNÉ.

200. Trois Éoliennes, par une société de gens de lettres (par
Eugène Avoux, ancien député de la Seine-Inférieure). *Paris,*

1825, in-8 de 69 pp. musique gr. demi-rel. chag. bleu, tête
dor. non rog.

201. Némésis, satire hebdomadaire par Barthélemy. *Paris, Perrotin*, 1830, in-8, fig. demi-rel. chag. grenat.

202. Ombres et Vieux Murs, par Auguste Vitu. *Paris, Poulet-Malassis*, 1859, in-12, demi-rel. v. f. tête dor. ébarbé.

> Exemplaire de M. DE MANDRE, auquel on a ajouté un portrait photographié de l'auteur.

203. Albert Glatigny. Les Vignes folles, poésies. Avec un frontispice de Charles Voillemot, gravé à l'eau-forte par Bracquemond. *Paris, Librairie Nouvelle*, 1860, in-8, front. demi-rel. v. olive avec coins, ébarbé.

> ÉDITION ORIGINALE.

204. Rhythmes et Refrains, par Paul Ristelhuber. *Lyon, imprimerie de Louis Perrin*, 1864, pet. in-8, pap. de Holl. demi-rel. chag. vert, tête dor. non rog.

> Bel exemplaire, NON ROGNÉ, de cet ouvrage tiré à petit nombre, avec ENVOI AUTOGRAPHE de l'auteur à LORÉDAN LARCHEY; il provient de la bibliothèque de M. DE MANDRE.
> On y a joint une LETTRE AUTOGRAPHE signée de P. RISTELHUBER.

205. Les Fables complètes de M. Viennet, l'un des Quarante de l'Académie française. Troisième édition augmentée de 63 fables inédites. *Paris, Hachette*, 1865, pet. in-8, demi-rel. mar. r. avec coins, tête dor. non rog. couverture.

> Un des rares exemplaires sur PAPIER DE HOLLANDE.

206. Amédée Rolland. Le Poëme de la Mort. *Paris, Librairie des Auteurs*, 1867, gr. in-8, demi-rel. mar. r. jans. tête dor. non rog.

207. André Lemoyne. Les Charmeuses. Eaux-fortes de L.-G. de Bellée, Feyen-Perrin et Édouard Leconte. *S. l. (Paris), Firmin-Didot, s. d.* gr. in-8, pl. à l'eau-forte, demi-rel. mar. r. avec coins, dos orné, fil. tête dor. ébarbé. (*Hardy.*)

> Cassure à une planche.

208. Alexandre Piedagnel. Hier. *Paris, Motteroz*, 1882, gr. in-8, front. et fig. en bistre, demi-rel. mar. r. avec coins, tête dor. non rog. couverture.

209. Poésies en patois du Dauphiné. Grenoblo Malhérou, par
Blanc dit la Goutte. Dessins de D. Rahoult, gravures de
E. Dardelet. Préface par George Sand. *Grenoble, Rahoult,*
1864, in-4, fig. cart.

3. POÈTES ITALIENS, ANGLAIS

210. Opere Poetiche di Dante Alighieri con note di diversi per
diligenza e studio di Antonio Buttura. *Parigi, presso Lefèvre,*
1823, 2 vol. in-8, port. mar. r. à long grain, dos orné, comp.
dor. sur les plats, tr. dor. (*Purgold.*)

> Exemplaire sur PAPIER VÉLIN.

211. Le Pétrarque en rime françoise, avecq ses commentaires,
traduict par Philippe de Maldeghem, seigneur de Leyschot.
A Douay, chez François Fabry, 1606, in-8, portr. sur le titre,
vél.

212. ORLANDO FURIOSO di Lodovico Ariosto. *Birmingham, Bas-
kerville,* 1773, 4 vol. in-4, fig. de Cipriani, Cochin, Eisen,
Greuze, Monnet, Moreau, mar. r. à long grain, fil. tr. dor.

> Exemplaire sur GRAND PAPIER.

213. La Chanson de Roland, traduction nouvelle rhythmée et
assonancée, avec une introduction et des notes par L. Petit
de Julleville. *Paris, Lemerre,* 1878, in-8, demi-rel. mar. noir
avec coins, tête dor. non rog.

214. La Gerusalemme liberata di Torquato Tasso. *Parigi, Delalain,* 1771, 2 vol. in-4, fig. vign. et culs-de-lampe de Gravelot, v. éc. fil. tr. dor.

> Bel exemplaire.

215. La Gerusalemme e l'Aminta di Torquato Tasso, con note
di diversi, per diligenza e studio di Antonio Buttura. *Parigi,
Lefebvre,* 1823, 2 vol. gr. in-8, demi-rel. mar. r. à long grain
avec coins, dos orné, non rog. (*Bibolet.*)

> Bel exemplaire sur GRAND PAPIER VÉLIN, avec les deux portraits du
> Tasse en épreuves AVANT LA LETTRE, sur CHINE.

216. Jérusalem délivrée, poème du Tasse. Nouvelle traduction.
Paris, Musier, 1774, 2 vol. in-12, mar. r. dos orné, fil. tr.
dor. (*Rel. anc.*)

> Aux armes de la COMTESSE DE PROVENCE, femme de Louis XVIII.

217. Jérusalem délivrée, poème traduit de l'italien (par Le
    Brun), nouvelle édition, revue et corrigée, enrichie de la vie
    du Tasse (par Suard). *Paris, Bossange*, 1814, 2 vol. in-8, portr.
    fig. de Le Barbier, mar. bleu à long grain, dos orné, dent. tr.
    dor. (*Bozérian.*)

> Exemplaire sur PAPIER VÉLIN, figures AVANT LA LETTRE.

218. Le Paradis perdu de Milton, traduction nouvelle, avec des
    notes par M. Racine. *Paris, Desaint et Saillant*, 1755, 3 vol.
    in-12, mar. vert, dos orné, fil. tr. dor. (*Rel. anc.*)

> Aux armes du MARQUIS DE COISLIN.

219. Milton. Le Paradis perdu, traduction de Chateaubriand,
    précédé de réflexions sur la vie et les écrits de Milton par
    Lamartine, et enrichi de vingt-sept estampes originales gra-
    vées au burin sur acier. *Paris, Rigaud*, 1868, in-fol. fig. demi-
    rel. chag. r.

220. Les Nuits d'Young, suivies des Tombeaux et des Médita-
    tions d'Hervey, etc. Traduction de Le Tourneur. *Paris, Le-
    doux*, 1824, 2 vol. gr. in-8, fig. de Devéria, demi-rel. mar.
    violet à long grain avec coins, dos orné, fil.

> Exemplaire NON ROGNÉ, sur GRAND PAPIER RAISIN VÉLIN, avec les figures
> en doubles épreuves : avec la lettre et EAUX-FORTES.

III. THÉATRE.

221. Mystères inédits du quinzième siècle, publiés par Achille
    Jubinal. *Paris, Techener*, 1837, 2 tomes en 1 vol. in-8, fac-
    similé, demi-rel. v. r. non rog.

222. Archives de la Comédie Française. Registre de La Grange
    (1658-1685), précédé d'une notice biographique. Publié par
    les soins de la Comédie-Française. *Paris, Claye*, 1876, in-4,
    port. demi-rel. mar. r. jans. avec coins, tête dor. ébarbé.

223. Théâtre de P. Corneille avec des commentaires (par Vol-
    taire). *S. l. (Genève)* 1764, 12 vol. in-8, fig. de Gravelot, v. éc.
    ant.

224. OEUVRES DE P. CORNEILLE avec les commentaires de Vol-
    taire. *Paris, Renouard*, 1817, 12 vol. gr. in-8, fig. demi-rel.
    mar. r. à long grain, non rog.

> Exemplaire sur PAPIER VÉLIN, NON ROGNÉ, figures de Moreau AVANT LA
> LETTRE.

225. OEuvres de Corneille avec les notes de tous les commentateurs. Édition rédigée par M. L. Parelle. *Paris, Lefèvre,* 1824, 12 vol. gr. in-8, port. cart. perc. brune, non rog.

> Édition de la collection des *Classiques français* reproduisant le texte de 1682 avec les nombreuses variantes des premières éditions.
> Exemplaire sur GRAND PAPIER VÉLIN.
> Taches d'humidité.

226. OEUVRES DE MOLIÈRE. Nouvelle édition. *Paris,* 1734, 6 vol. in-4, fig. de Boucher, vignettes et culs-de-lampe, v. ant. éc. fil. tr. dor.

> Bel exemplaire.

227. OEUVRES DE MOLIÈRE, avec des remarques grammaticales, des avertissemens et des observations sur chaque pièce par M. Bret. *Paris, Compagnie des Libraires associés,* 1773, 6 vol. in-8, v. ant. marb. fil. tr. dor.

> Figures de Moreau en PREMIER TIRAGE.

228. OEUVRES DE MOLIÈRE, avec un commentaire, un discours préliminaire, et une Vie de Molière, par M. Auger. *Paris, Desoer,* 1819-1825, 9 vol. in-8, portrait par Lignon, d'après Fragonard et fig. de H. Vernet, Hersent, Vaflard, etc., demi-rel. mar. r. avec coins, dos orné, fil. tête dor. ébarbé.

> On a ajouté à cet exemplaire : 4 portraits de Molière, gr. par Migneret d'après Mignard; par J. Hotte d'après Desenne, épreuve sur chine AVANT LA LETTRE; par Cathelin d'après Mignard; par Berthonnier d'après Déveria, épreuve sur chine AVANT LA LETTRE. — La seconde suite de Moreau (portrait et 30 figures) publiée par Renouard. — Et enfin la suite de Moreau le jeune publiée par Dien.

229. OEuvres de Molière précédées d'une notice sur sa vie et ses ouvrages par M. Sainte-Beuve. Vignettes par Tony Johannot. *Paris, Paulin,* 1835-1836, 2 vol. gr. in-8, front. et vign. sur bois, demi-rel. mar. r. dos orné, fil. tr. peigne.

> Bel exemplaire du PREMIER TIRAGE, auquel on a joint : Découverte d'un autographe de Molière. Réfutation impartiale de quelques points de controverse élevés à ce sujet. *Paris, Tresse,* 1840, in-8 de 11 pp. avec fac-similés.

230. OEuvres complètes de Molière, nouvelle édition avec un travail de critiques et d'érudition par M. Louis Moland. *Paris, Garnier,* 1863-1864, 7 vol. gr. in-8, port. fig. demi-rel. mar. violet avec coins, dos orné, fil. tête dor. non rog.

> Bel exemplaire sur GRAND PAPIER DE HOLLANDE, figures AVANT LA LETTRE.

231. OEuvres de Racine. *Paris, Trabouillet,* 1687, 2 vol. in-12,
front. de Le Brun, fig. de Chauveau, v. ant. gran.

> Bonne édition, contenant, de même que le tirage de 1676, *Phèdre,* et de
> plus que cette édition le *Discours prononcé à la réception de MM. de
> Corneille (Thomas) et de Bergeret, le 2 janvier* 1685, et l'*Idylle sur la
> Paix.*
> Taches.

232. La Balance d'Estat. Tragi-comédie allégorique. *S. l. n. d.*
in-4 de 4 ff. prél. non ch. 102 pp. et 3 ff. non ch. vél.

> Mazarinade en 5 actes, en vers, par H. M. D. M. A., c'est-à-dire Dor-
> Mont-André, surnommé le sieur Du Bosc; elle est rare et recherchée.

233. OEuvres choisies de Quinault précédées d'une nouvelle notice sur sa vie et ses ouvrages. *Paris, Crapelet,* 1824, 2 vol.
in-8, demi-rel. mar. bleu à long grain avec coins, non rog.

> Exemplaire sur GRAND PAPIER VÉLIN.

234. OEuvres de Regnard, nouvelle édition, revue exactement
corrigée et conforme à la représentation. *Paris, Maradan,*
1790, 4 vol. in-8, papier de Hollande, fig. de Borel, v. ant.
rac. dent. tr. dor.

235. OEuvres complètes de Regnard avec des avertissemens et
des remarques sur chaque pièce par M. G*** (Garnier). *De
l'Imprimerie de Monsieur à Paris, chez la Vve Duchesne,* 1790,
6 vol. in-8, fig. de Moreau, v. ant. rac. dent. tr. dor.

236. OEuvres complettes de Regnard, avec des avertissemens et
des remarques sur chaque pièce, par M. G*** (Garnier). *Paris,
Duchesne,* 1790, 6 vol. in-8, port. de Rigaud, fig. de Moreau,
v. ant. rac.

237. OEuvres complètes de J.-F. Regnard. Nouvelle édition
avec des variantes et des notes. *Paris, Crapelet,* 1812, 6 vol.
gr. in-8, portrait, demi-rel. mar. f. à long grain. (*Duplanil.*)

> Exemplaire sur GRAND PAPIER VÉLIN, NON ROGNÉ.

238. OEuvres complètes de J.-F. Regnard. *Paris, Crapelet,*
1822, 6 vol. in-8, demi-rel. v. f.

> Un des 20 exemplaires tirés sur GRAND PAPIER RAISIN, NON ROGNÉ.

239. OEuvres dramatiques de Néricault-Destouches. Nouvelle
édition, revue, corrigée et augmentée de quatre pièces.
Paris, Bauche, 1758, 10 vol. in-12, pap. vergé, mar. vert, dos
orné, fil. tr. dor. (*Rel. anc.*)

240. OEuvres dramatiques de Néricault-Destouches. *Paris, Imprimerie Royale*, 1757, 4 vol. in-4, v. ant. marb. fil.

> Bel exemplaire aux armes royales.

241. Théâtre de Beaumarchais, accompagné d'une notice par F. de Marescot. Illustrations de M. Adrien Marie. *Paris, Librairie illustrée*, s. d. gr. in-8, fig. demi-cart. perc. bleue, non rog. couverture.

> Exemplaire sur PAPIER DE CHINE.

242. Eugénie, drame en cinq actes et en prose, enrichi de figures en taille-douce, avec un essai sur le drame sérieux, par M. de Beaumarchais. *Paris, Merlin*, 1767, in-8, fig. de Gravelot, cart. non rog.

> Exemplaire NON ROGNÉ de l'ÉDITION ORIGINALE.
> Manque la figure de l'acte II.

243. La Folle Journée, ou le Mariage de Figaro, comédie en cinq actes, en prose, par M. de Beaumarchais. *S. l. (Paris), Au Palais-Royal, chez Ruault*, 1785, in-8, fig. de Saint-Quentin, v. ant. marb.

> ÉDITION ORIGINALE, avec la suite des figures dite *de Malapeau*.

244. Le Théâtre de la Foire, ou l'opéra-comique, contenant les meilleures pièces qui ont été représentées aux foires de Saint-Germain et de Saint-Laurent; enrichies d'estampes en taille-douce, avec une table de tous les vaudevilles et autres airs gravez, notez à la fin de chaque volume, recueillies par MM. Le Sage et d'Orneval. *Paris, Gandouin*, 1737, 10 vol. in-12, fig. musique notée, v. ant. granit.

245. Théâtre de M. Favart, ou Recueil des comédies, parodies et opéras-comiques qu'il a donnés jusqu'à ce jour, avec les airs, rondes et vaudevilles notés dans chaque pièce. *Paris, Duchesne*, 1763-1772, 10 vol. in-8, fig. de Boucher, Cochin, Eisen, v. f. dent. tr. dor. (*Bozérian*.)

> Bel exemplaire de PIXERÉCOURT.

246. L'Anglais, ou le Fou raisonnable, comédie en un acte et en prose, représentée à la Muette, devant la famille royale, le 10 septembre 1781, par J. Patrat. *Paris, Ballard*, 1781, in-8, mar. r. dos fleurdelisé, fil. tr. dor. (*Rel. anc.*)

> Aux armes de la COMTESSE DE PROVENCE, femme de Louis XVIII.

247. Recueil de quelques ouvrages de **M. Watelet.** *Paris,
Prault,* 1784, in-8, mar. r. dos orné, fil. tr. dor. (*Rel. anc.*)

Exemplaire sur PAPIER DE HOLLANDE.

248. Feu Séraphin. Histoire de ce spectacle depuis son origine
jusqu'à sa disparition, 1776-1870. *Lyon, Scheuring,* 1875,
in-8, portr. vign. demi-rel. mar. bleu avec coins, dos orné,
fil. tête dor. ébarbé.

249. Casimir Delavigne : Le Paria, tragédie. — La Princesse
Aurélie, comédie. — *Paris, Barba,* 1821-1828. — Ens. 2 vol.
in-8, demi-rel. mar. r. genre Bradel, ébarbé.

ÉDITIONS ORIGINALES.

250. Charles VI, opéra en cinq actes, par Casimir Delavigne.
Paris, Schlesinger, 1843, in-8 de 32 pp. à 2 col. demi-rel.
bas. r.

ÉDITION ORIGINALE.

251. La Jaquerie, scènes féodales, suivies de la Famille de
Carvajal, drame par l'auteur de Clara Gazul (Mérimée). *Paris,
Brissot-Thivars,* 1828, in-8, cart. perc. verte, non rog.

ÉDITION ORIGINALE.

252. Les Hures-Graves, trifouillis en vers... et contre les Bur-
graves. Parodie en trois actes, par **MM.** Dumanoir, Siraudin
et Clairville. *S. l. n. d. (Paris, Tresse,* 1843), gr. in-8 à 2 col.
demi-rel. mar. r. avec coins, tête dor. ébarbé.

De la *Collection de la France dramatique au XIXe siècle.* — Rare.

253. Masques et Bouffons (Comédie italienne), texte et dessins
par Maurice Sand, gravures par A. Manceau, préface par
George Sand. *Paris, Lévy,* 1862, 2 vol. gr. in-8, fig. demi-rel.
mar. orange avec coins, dos orné, fil. tête dor. ébarbé.

Exemplaire sur PAPIER VÉLIN avec les suites des figures en bistre,
noir et couleur. Les suites en bistre et en noir ont été reliées ensemble
et forment un troisième volume de reliure uniforme.

254. Vicomte Henri de Bornier. L'Apôtre, drame en trois actes,
en vers. *Paris, Dentu,* 1881, in-8, demi-rel. v. bleu, non rog.
couverture.

ÉDITION ORIGINALE.

255. La Princesse de Bagdad, pièce en trois actes, par Alexandre
Dumas fils. *Paris, Calmann Lévy,* 1880, in-8, demi-rel. mar.
bleu, genre bradel, non rog. couverture.

ÉDITION ORIGINALE.

256. Denise, pièce en quatre actes, par Alexandre Dumas fils. *Paris, Calmann Lévy*, 1885, gr. in-8, demi-rel. perc. verte genre bradel, couverture, non rog.

> ÉDITION ORIGINALE.
> *Ex-libris* H. CORDIER.

257. Macbeth, et Roméo et Juliette, tragédies de Shakespeare, traduites en vers français (par Emile Deschamps). *Paris*, 1844, gr. in-8, cart. bradel, ébarbé.

> Exemplaire auquel on a ajouté une LETTRE AUTOGRAPHE de M. ÉMILE DESCHAMPS à M. de LA ROUNAT, directeur de l'Odéon.

258. Faust, tragédie de M. de Gœthe, traduite en Français par M. Albert Stapfer, ornée d'un portrait de l'auteur et de dix-sept dessins composés d'après les principales scènes de l'ouvrage et exécutés sur pierre par M. Eugène Delacroix. *Paris, Motte*, 1828, in-fol. fig. demi-cart. vél. vert, non rog.

> Bel exemplaire du PREMIER TIRAGE.

259. Le Faust de Goethe, traduction revue et complète, précédée d'un essai sur Gœthe par M. Henri Blaze, édition illustrée par M. Tony Johannot. *Paris, Michel Lévy*, 1847, gr. in-8, fig. demi-rel. mar. r. avec coins, tête dor. non rog. couverture.

IV. FABLES, ROMANS ET CONTES

1. FABLES. — ROMANS GRECS ET LATINS

260. Fables inédites des XIIᵉ, XIIIᵉ et XIVᵉ siècles, et Fables de La Fontaine rapprochées de celles de tous les auteurs qui avaient, avant lui, traité les mêmes sujets ; précédées d'une notice sur les fabulistes par A. C. M. Robert. Ornées d'un portrait de La Fontaine, de 90 gravures en taille-douce et de 4 fac-simile. *Paris, Cabin*, 1825, 2 vol. in-8, fig. demi-rel. mar. r. dos orné, tête dor. non rog.

261. Les Amours Pastorales de Daphnis et Chloé (traduites du grec par Amyot). *S. l. (Paris, Coustelier)*, 1731, in-12, titre rouge et noir, front. et fig. de Scotin, mar. r. fil. tr. dor. (*Rel. anc.*)

> Taches.

262. Les Amours pastorales de Daphnis et de Chloé, traduites
du grec de Longus par Amyot. *Paris, Didot l'aîné*, 1800, in-4,
papier vélin, fig. de Prudhon et Gérard, demi-rel. mar. olive
avec coins, tête dor. non rog.

Les planches sont avec légendes imprimées en grec, latin et françois
sur papier de soie.

263. Apulée. L'Amour et Psyché. Gravures d'après Natoire.
Notices par A. Pons. *Paris, Quantin*, 1878, in-16, encadr.
bleu à chaque page, vign. vél. blanc à recouvr. fil. bleu et
or, tête dor. non rog. (*Gayler-Hiroux.*)

2. ROMANS FRANÇAIS

264. Le Livre de Baudoyn, comte de Flandre, suivi de fragmens
du Roman de Trasignyes, publié par MM. C. P. Serrure et
A. Voisin. *Bruxelles, Berthot et Périchon*, 1836, gr. in-8,
titre en r. et bleu, front. et fig. sur bois, demi-rel. chag.
violet avec coins.

265. Histoire du petit Jehan de Saintré, par M. de Tressan,
édition ornée de figures en taille-douce dessinées par M. Moreau le jeune. *Paris, Didot jeune*, 1791, in-18, fig. v. éc. dent.
tr. dor.

Exemplaire sur papier vélin, figures avant la lettre.

266. Histoire de Pierre de Provence et de la belle Maguelonne
(par Bernard de Trevies). — Histoire de Robert le Diable,
duc de Normandie. — Histoire de Richard-sans-Peur, duc de
Normandie. — *Paris*, 1775. — Ens. 3 ouvrages en 1 vol. in-8,
3 fig. sur cuivre de Desrais, v. ant. marb.

De la *Bibliothèque bleue*.

267. Histoire de Foulques Fritz-Warin (roman de chevalerie
du xiii° siècle), publiée d'après un manuscrit du musée bri-
tannique par Francisque Michel. *Paris, Silvestre*, 1840, in-8,
demi-rel. mar. r. tête dor. ébarbé.

En tête de cet exemplaire, provenant de M. de Mandre, est ajoutée une
lettre autographe de M. Francisque Michel.

268. Heptameron français. Les Nouvelles de Marguerite reine
de Navarre. *Berne, chez la Nouvelle, Société typographique*,
1780-1781, 3 vol. in-8, frontispices, figures, vignettes et culs-
de-lampe par Dunker, cart. perc. verte.

Bel exemplaire non rogné. Hauteur : 215 mill.

269. OEuvres de Maître François Rabelais, avec des remarques historiques et critiques de M. Le Duchat. Nouvelle édition, ornée de figures de B. Picart. *Amsterdam, Jean Frédéric Bernard*, 1741, 3 vol. in-4, fig. demi-rel. v. brun.

270. OEuvres de Rabelais. *Paris, Desoer*, 1820, 3 vol. pet. in-12, portr. et fig. hors texte, demi-rel. v. f. non rog.

Exemplaire NON ROGNÉ.

271. OEuvres de François Rabelais, précédées d'une notice historique sur la vie et les ouvrages de Rabelais par P.-L. Jacob, illustrations de Gustave Doré. *Paris, Bry*, 1854, in-4 à 2 col. fig. demi-cart. perc. grise avec coins, non rog. couverture.

PREMIER TIRAGE des illustrations de Gustave Doré ; les couvertures sont tachées.

272. OEuvres de François Rabelais, contenant la Vie de Gargantua et celle de Pantagruel... précédées d'une notice historique par P.-L. Jacob (Paul Lacroix)... Illustrations par Gustave Doré. *Paris, Bry*, 1854, gr. in-8 à 2 col. vign. fig. et pl. hors texte, v. r. fil. dent. int. tr. peigne.

Bel exemplaire du PREMIER TIRAGE ; très recherché.

273. OEuvres de Rabelais, texte collationné sur les éditions originales avec une vie de l'auteur, des notes et un glossaire ; illustrations de Gustave Doré. *Paris, Garnier*, 1873, 2 vol. in-fol. fig. cart. perc. r. fers spéciaux.

274. Les Cinq Livres de F. Rabelais, publiés avec des variantes et un glossaire par P. Chéron et ornés de onze eaux-fortes par E. Boilvin. *Paris, Librairie des Bibliophiles*, 1876-77, 5 vol. in-16, fig. demi-rel. chag. grenat, fil. tête jasp. non rog.

275. Le Roman Comique de Scarron peint par J.-B. Pater et J. Dumont le Romain, réduit d'après les gravures au burin de Surugue père et fils, etc., par M. Tiburce de Mare et accompagné de notices explicatives par M. Anatole de Montaiglon. *Paris, Rouquette*, 1883, in-4 fig. demi-rel. mar. r. avec coins, dos orné, fil. tête dor. non rog. (*Smeers.*)

Exemplaire sur PAPIER DE CHINE avec la suite des vignettes en tirage à part.

276. Les Amours de Psyché et de Cupidon, suivies d'Adonis, poème, par Jean de La Fontaine. Edition ornée de gravures d'après les dessins de Gérard peintre. *Paris, Didot l'ainé, an V*

(1797), in-4, fig. demi-rel. mar. r. avec coins, dos orné, fil.
tête dor. ébarbé.

Exemplaire sur papier vélin, figures avant la lettre.

277. Les Amours de Psyché et de Cupidon, suivies d'Adonis,
poème, par La Fontaine. *Paris, Leclère*, 1863, 2 vol. in-16
tirés in-12, portr. et fig. de Moreau, demi-rel. mar. bleu, dos
orné, tête dor. ébarbé.

278. Les Contes des Fées en prose et en vers de Charles Perrault.
Deuxième édition, précédée d'une lettre critique par Ch. Gi-
raud. *Lyon, Perrin*, 1865, in-8, fig. demi-rel. mar. grenat
jans. avec coins, tête dor. non rog.

279. Les Aventures de Télémaque, fils d'Ulysse, par M. Fénelon, avec figures en taille-douce, dessinées par MM. Cochin et
Moreau le jeune. *A Paris, de l'Imprimerie de Monsieur*, 1790,
2 vol. gr. in-8, portr. et 23 fig. de Moreau le jeune, demi-
rel. mar. bleu avec coins, tête dor. non rog. (*Ruban.*)

Bel exemplaire relié sur brochure.

280. Les Aventures de Télémaque, fils d'Ulysse, par M. de Fénelon. *Paris, Renouard*, 1795, 2 vol. in-4, papier vélin, portrait de Fénélon par Gaucher d'après Vivier gravé sur le
titre, cart. non rog.

281. Les Aventures de Télémaque, fils d'Ulysse, par M. de Fénelon. *Paris, Renouard*, 1795, 2 vol. in-4, papier vélin, fig. de
Monnet, demi-rel. mar. r. à long grain, plats papier, dent.

Bel exemplaire non rogné.

282. Le Siège de Calais, nouvelle historique (par la marquise
C.-A. Guérin de Tencin et Pont-de-Vesle). *La Haye (Paris)*,
Jean Neaulme, 1739, 2 vol. in-12, v. brun. ant.

Aux armes d'Albert de Luynes, duc de Chevreuse.

283. Le Temple de Gnide (par de Montesquieu). Nouvelle édition, avec figures gravées par N. Le Mire, d'après les dessins
de Ch. Eisen. *Paris, Le Mire*, 1772, in-8, texte gravé, front.
fig. d'Eisen, v. marb. dos orné, fil. tr. dor.

Exemplaire avec la légende *La chaleur va les faire renaitre*, à la
deuxième planche de *Céphise*. — Belles épreuves.

284. Le Temple de Gnide (par de Montesquieu). Nouvelle édition, avec figures gravées par N. Le Mire, d'après les dessins

de Ch. Eisen. *Paris, Le Mire*, 1772, in-4, titre et texte gravés, front. et fig. d'Eisen, mar. r. dos orné, fil. tr. dor. (*Rel. anc.*)

Exemplaire avec les FIGURES COLORIÉES.
Manque la deuxième figure de *Céphise*.

285. Histoire de Manon Lescaut et du Chevalir des Grieux, précédée d'une étude par Arsène Houssaye. *Paris, Librairie des Bibliophiles*, 1874, in-12, portr. et fig. de Hédouin à l'eau-forte, demi-rel. mar. bleu avec coins, tête dor. ébarbé.

De la *Bibliothèque artistique*.
Exemplaire numéroté sur GRAND PAPIER DE HOLLANDE, tiré in-8.

286. Lettres d'une Péruvienne, par Mme de Grafigny. *Paris, P. Didot l'aîné*, 1797, 2 vol. in-18, fig. de Lefebvre, mar. r. dos orné, fil. tr. dor. (*Thivet.*)

287. Histoire de Gil-Blas de Santillane par Lesage. *Paris, Didot jeune, an III* (1795), 4 vol. in-8, fig. de Bornet, v. f. dent. tr. dor. (*Bozérian jeune.*)

288. Le Pornographe, ou Idées d'un honnête homme sur un projet de règlement pour les prostituées, avec des notes historiques et justificatives (par Rétif de La Bretonne). *Londres et La Haye*, 1770, in-8, demi-rel. bas. r.

289. Le Ménage parisien, ou Délice et Sotentout (par Rétif de La Bretonne). *La Haye*, 1773, 2 parties en 2 vol. in-12, mar. r. dos orné, fil. dent. int. tr. dor. (*Chambolle-Duru.*)

La dédicace : *Mes pairs en sotise*, est signée : Morille Dindonnet. « C'est, dit M. Monselet, un ouvrage à avoir parmi les premiers de Rétif. »
Bel exemplaire.

290. LE PAYSAN PERVERTI, ou les Dangers de la ville... par Rétif de La Bretonne. *La Haye, Esprit*, 1776 ; 8 parties en 4 vol. 8 front. et 74 fig. par Binet. — La Paysanne pervertie, ou les Dangers de la ville... par l'auteur du Paysan perverti. *La Haye et Paris, Ve Duchesne*, 1784 ; 8 parties en 4 vol. 8 front. et 38 fig. par Binet. — Les Figures du Paysan perverti (et) Les Figures de la Paysanne ; 2 parties en 1 vol. — Ens. 18 parties en 9 vol. in-12, 16 front. et 104 fig. par Binet, mar. grenat, dos orné, fil. dent. int. tr. dor. (*Allô.*)

Bel exemplaire, auquel on a ajouté les titres et les faux-titres de l'édition suivante de la Paysanne pervertie, portant : *Les Dangers de la ville*, la censure ayant exigé la suppression des mots : *La Paysanne pervertie*.

291. L'École des Pères, par N.-E. Rétif de La Bretonne. *En France et à Paris, chez la V^ce Duchêne*, 1776, 3 vol. in-8, demi-rel. chag. r. dos orné, tr. r.

292. La Fille Naturelle (par Rétif de La Bretonne). *La Haye et Lausanne*, 1776, 2 parties en 1 vol. pet. in-12, demi-rel. mar. r. tr. dor.

293. La Vie de mon Père, par l'auteur du Paysan perverti (Rétif de La Bretonne). *Neufchatel et Paris*, 1779, 2 parties en 1 vol. in-12, fig. demi-rel. mar. citron avec coins, fil. tr. dor. (*Hardy*.)

> Tableau des mœurs campagnardes.

294. La Malédiction paternelle. Lettres sincères et véritables de M***, à ses parents, ses amis et ses maîtresses; avec les réponses. Recueillies et publiées par Thimothée Joly, son exécuteur testamentaire (Rétif de La Bretonne). *Leipsick*, 1780, 2 vol. in-12, fig. de Binet, demi-rel. mar. citron avec coins, tr. dor. (*Hardy*.)

> D'après P. Lacroix, cet ouvrage, qui se distingue par des qualités exceptionnelles, serait du censeur Mairobert, lequel écrivait ce roman et le faisait imprimer au fur et à mesure par Rétif. lorsqu'il se tua dans son bain, pour échapper, dit-on, à un procès criminel. Rétif, resté en possession de tout ce qui était alors imprimé, continua et termina l'ouvrage à sa manière.

295. La dernière Aventure d'un homme de quarante-cinq ans (par Rétif de La Bretonne). *Genève et Paris*, 1783, 2 vol. in-12, fig. demi-rel. mar. citron avec coins, fil. tr. dor. (*Hardy*.)

> Épisode de la vie de l'auteur.

296. La Prévention nationale. Action adaptée à la scène (par Rétif de La Bretonne). *La Haye et Paris*, 1784, 3 vol. in-12, fig. demi-rel. mar. citron avec coins, fil. tr. dor. (*Hardy*.)

> Dans cet ouvrage se trouve une notice sur Joanne d'Arc avec une curieuse gravure représentant : *Jeanne d'Arc recevant des armes blasonnées des mains du roi Charles VII* (page 145): on y trouve aussi, page 218, le récit détaillé du beau trait du chevalier d'Assas, avec une gravure représentant sa mort héroïque. En outre c'est le seul livre dans lequel Rétif ait parlé de Molière pour faire la critique de ses comédies.

297. Les Veillées du Marais (par Rétif de La Bretonne). *Waterford*, 1785, 4 vol. in-12, demi-rel. bas.

298. Les Parisiennes ou XL caractères généraux pris dans les mœurs actuelles propres à servir à l'instruction des personnes du sexe (par Rétif de La Bretonne). *Neufchatel et Paris*, 1787, 4 vol. in-12, fig. demi-rel. v. f.

> Exemplaire fatigué. Taches et cassures.

299. Les Nuits de Paris, ou le Spectateur nocturne (par Rétif de La Bretonne). *Londres et Paris*, 1789-1790, 15 vol. in-12, fig. demi-rel. mar. citron avec coins, tr. dor. (*Hardy.*)

Recueil d'anecdotes scandaleuses servant à l'histoire du jardin du Palais Royal. La pagination se suit jusqu'à la fin de la XIVe partie de l'ouvrage, qui s'arrête à la page 3 359 (chiffré 2 359). La XVe partie, postérieure de deux ans, offre ce titre différent : La Semaine nocturne : sept nuits de Paris, qui peuvent servir de suite aux III-clxxx déjà publiées.

300. Le Pied de Fanchette, ou le Soulier couleur de Rose, par N.-E. Rétif de La Bretonne. *Paris, Cordier et Legras, an VIII* (1800), 3 vol. in-18, fig. non signées, bas. ant. gran.

301. Candide, ou l'Optimisme. Traduit de l'allemand de M. le Dr Ralph, par M. de V. (Voltaire). *Paris, Delarue, s. d.* in-12, pap. de Holl. demi-rel. mar. bleu avec coins, dos orné, fil. tête dor. ébarbé. (*Engel-Smeers.*)

302. La Nouvelle Héloïse, ou Lettres de deux amans, habitans d'une petite ville au pied des Alpes: recueillies et publiées par J.-J. Rousseau. *A Londres (Paris), Cazin*, 1781, 7 vol. in-18, fig. de Moreau, cart. bradel, perc. bleue.

Exemplaire sur GRAND PAPIER, tiré in-12, avec les figures en épreuves AVANT LA LETTRE.

303. Paul et Virginie, par J.-H. Bernardin de Saint-Pierre. *Paris, Curmer*, 1838, gr. in-8, fig. demi-rel. mar. r. avec coins, dos orné, fil. tête dor. ébarbé. (*Rel. fatiguée.*)

Exemplaire avec le Médaillon de Mme Curmer à la fin de la *Chaumière Indienne*; les papiers de soie contenant les légendes manquent; taches.

304. B. de Saint-Pierre. Paul et Virginie; préface par J. Janin. *Paris, Librairie des Bibliophiles*, 1875, in-16, texte encadré d'un fil. r. fig. d'Emile Lévy et de Giacomelli, demi-rel. mar. bleu avec coins, dos orné, fil. tête dor. ébarbé.

305. Relation de l'isle de Bornéo (par Fontenelle, publiée par G. Peignot). *En Europe (Paris, P. Didot)*, 1807, in-12 de 48 pp. mar. noir, fil. dorés en losanges sur les plats, non rog.

Cette relation, réimprimée par Didot l'aîné à 100 exemplaires, se compose d'une préface, d'une note sur l'île de Bornéo et de 3 lettres. La première lettre est de Fontenelle; elle renferme une histoire satirique des luttes entre *Méro* et *Enègue* (Rome et Genève). La seconde lettre est de Peignot; écrite dans le même esprit, elle parle de la Révocation de l'édit de Nantes, de la querelle des Jansénistes et des Molinistes, etc. Enfin la troisième lettre renferme la clef; elle est signée : Judæus Apella.

306. Le Marchepied, par Léon de Villeran. *Paris, Fournier*, 1833, 2 vol. in-8, front. demi-rel. bas. verte.

307. La Confession d'un enfant du siècle, par Alfred de Musset. *Paris, Bonnaire*, 1836, 2 vol. in-18, demi-rel. v. vert.

   Édition originale. — Mouillures.

308. Jérôme Paturot à la recherche d'une position sociale, par Louis Reybaud. Édition illustrée par Grandville. *Paris, Dubochet*, 1846, gr. in-8, fig. hors texte et vign. v. f. dos orné, fil. dent. int. tr. dor. (*Closs.*)

   Exemplaire du premier tirage.
   Quelques taches de rouille.

309. Jérôme Paturot à la recherche d'une position sociale, par L. Reybaud. Édition illustrée par J.-J. Grandville. *Paris, Dubochet*, 1846, gr. in-8, fig. demi-rel. chag. violet.

310. Contes de Charles Nodier. Eaux-fortes par Tony Johannot. *Paris, Hetzel*, 1846, gr. in-8, fig. demi-rel. mar. brun jans. avec coins, tête dor. ébarbé.

311. Victor Hugo. Notre-Dame de Paris. Édition illustrée d'après les dessins de MM. E. de Beaumont, L. Boulanger, Daubigny, T. Johannot, de Lemud, Meissonier... *Paris, Perrotin, Garnier*, 1844, gr. in-8, fig. sur acier et sur bois tirées hors texte, vign. demi-rel. mar. grenat avec coins, dos orné, fil. tête dor. ébarbé.

   Les figures de cette édition ont été remplacées ici par celles du premier tirage.

312. Voyage autour de mon jardin, par M. Alphonse Karr : illustré par MM. Freeman, Gavarni, Meissonier, etc. *Paris, Curmer*, 1851, gr. in-8, fig. noires et en coul. demi-rel, chag. vert, plats toile, tr. dor.

313. Voyage à ma fenêtre, par Arsène Houssaye. *Paris, Victor Lecou, s. d.* (1851), gr. in-8, fig. demi-rel. mar. r. avec coins, dos orné, tête dor. ébarbé.

   Exemplaire du premier tirage, auquel on a conservé ses couvertures.

314. Jules Noriac. La Vie en détail. Le 101° Régiment. *Paris, Librairie Nouvelle*, 1859, in-12 de 292 pp. demi-rel. perc. grise genre bradel, ébarbé, couverture.

   Édition originale, rare.

315. Les Contes drolatiques colligez ez abbayes de Touraine, et mis en lumière par le sieur de Balzac, pour l'esbattement des Pantagruélistes et non aultres. Cinquiesme édition, illustrée de 425 dessins, par Gustave Doré. *Se trouve à Paris, ez*

bureaux de la Société Générale de Librairie, 1855, in-8, fig. et
vign. sur bois, demi-rel. mar. r. avec coins, tête dor. ébarbé.
PREMIÈRE ÉDITION ILLUSTRÉE.

316. Le Chevalier des Touches, par J. Barbey d'Aurevilly.
Paris, Michel Lévy, 1864, in-12, demi-cart. perc. r. non rog.
ÉDITION ORIGINALE.

317. Le Jardin du Chanoine, par Louis Ulbach. *Paris, Lacroix et Verboeckhoven*, 1866, in-8, demi-rel. mar. bleu avec
coins, tête dor. non rog. couverture.

> Bel exemplaire de l'ÉDITION ORIGINALE, SUR GRAND PAPIER DE HOLLANDE,
> avec ENVOI AUTOGRAPHE de l'auteur.

318. Théophile Gautier. Le capitaine Fracasse, illustré de
60 dessins de Gustave Doré. *Paris, Charpentier*, 1866, gr. in-8,
fig. hors texte, demi-rel. chag. brun, dos orné, tête dor.
ébarbé.

> PREMIER TIRAGE des illustrations de Gustave Doré.

319. Les Amours du chevalier de Fosseuse, par Jules Janin.
Paris, Miard, 1867, in-12, demi-cart. perc. bleue, non rog.
couverture.

320. La Dame aux Camélias, par A. Dumas fils. Préface, par
M. Jules Janin. *Paris, Michel Lévy*, 1872, in-8, fig. de R. de
Los Rios, demi-rel. mar. grenat avec coins, dos orné, tête
dor. non rog.

321. Madame Putiphar, par Petrus Borel (le Lycanthrope).
Préface par M. Jules Claretie. *Paris, Willem*, 1877, 2 vol.
in-8, fig. demi-rel. mar. vert avec coins, dos orné, fil. tête
dor. non rog.

> Édition conforme pour le texte et les vignettes, à l'originale de 1839.
> Exemplaire sur PAPIER WATHMAN.

322. Gustave Droz. Monsieur, Madame et Bébé, édition illustrée
par Edmond Morin et ornée d'un portrait de l'auteur en
frontispice, gravé par Léopold Flameng. *Paris, Havard*, 1878,
gr. in-8, port. fig. cart. perc. bleu, non rog.

> Exemplaire du PREMIER TIRAGE. On y a joint le prospectus de l'ou-
> vrage.

323. Ompdrailles, le Tombeau-des-Lutteurs, par Léon Cladel,
avec 16 eaux-fortes hors texte et 7 dans le texte, par Ro-
dolphe Julian. *Paris, Cinqualbre*, 1879, gr. in-8, fig. demi-
rel. mar. r. avec coins, tête dor. non rog.
ÉDITION ORIGINALE.

324. Ludovic Halévy. Un Mariage d'amour. *Paris, Calmann Lévy*, 1881, in-12, demi-rel. bas. r. non rog. couverture.
ÉDITION ORIGINALE.

325. Les Disciples d'Eusèbe, par Eudoxie Dupuis. Ouvrage illustré de quarante-cinq dessins, par Eugène Courboin. *Paris, Delagrave*, 1882, in-4, fig. demi-rel. mar. r. avec coins, tête dor. couverture, non rog. (*Reymann.*)
Un des 5 exemplaires numérotés sur GRAND PAPIER DU JAPON.

326. Alphonse Daudet. Tartarin sur les Alpes. Nouveaux exploits du héros tarasconnais. Illustré d'aquarelles par Aranda de Beaumont, Montenard, etc. *Paris, Calmann Lévy*, 1885, in-8, fig. noires et en couleur, demi-rel. chag. olive avec coins, fil. tête dor. ébarbé.
PREMIÈRE ÉDITION.

327. Quatrelles. Colin Tampon, illustrations d'après les aquarelles et les dessins d'Eugène Courboin. *Paris, Hachette*, 1885, in-4, fig. noires et en coul. cart. perc. grise, fers spéciaux, tête dor. ébarbé.

328. Légende de Montfort-la-Cane, racontée par le baron Lud. de Vaux et dessinée par Paul Chardin. *Paris, Ch. Leroux*, 1886, in-4, fig. en coul. demi-rel. mar. r. avec coins, tête dor. non rog.

329. Joseph Montet. Hors des murs. Illustrations de Frédéric Régamey. *Paris, Librairie mondaine*, 1889, gr. in-8, fig. en couleur, br.

330. Le Comte de Lavernie, par Auguste Maquet. *Paris, de Potter*, s. d. 10 tomes en 5 vol. in 8, chag. r. fil. tête dor. non rog.
ÉDITION ORIGINALE.

331. Les Secrets de la mer, par Jules Gros. *Paris, Dreyfous*, s. d. gr. in-8, fig. hors texte, demi-rel. perc. verte avec coins, genre bradel, non rog. (*Lemardelay.*)
PREMIÈRE ÉDITION.

3. ROMANS ESPAGNOLS, ANGLAIS, ALLEMANDS, ORIENTAUX

332. EL INGENIOSO HIDALGO DON QUIXOTE de la Mancha. Compuesto por Miguel de Cervantes Saavedra. Nueva edicion

corregida por la Real Academia Española. *Madrid*, 1780, 4 vol. in-4, fig. de Barranco, Brunetto, del Castillo, Ferro et Gil, bas. marb.

Légères taches dans les marges inférieures des premières pages du tome I.

333. Robinson Crusoë, par Daniel de Foë; traduction de Petrus Borel; enrichi de la vie de Daniel de Foë, par Philarète Chasles; orné de 250 gravures sur bois. *Paris, Borel,* 1836, 2 vol. in-8, fig. demi-rel. v. vert.

334. Vie et Aventures de Robinson Crusoé, par Daniel de Foë, traduction de Petrus Borel. *Paris, Librairie des Bibliophiles,* 1878, 4 vol. in-16, portr. par Flameng, et fig. à l'eau-forte par Mouilleron, demi-rel. mar. vert avec coins, dos orné, fil. tête dor. ébarbé. (*Canape-Belz.*)

De la *Bibliothèque artistique.*

335. OEuvres de Salomon Gessner. *A Paris, chez Ant. A. Renouard, an VII-*1799, 4 vol. in-8, portr. et fig. de Moreau, v. vert marb. dent. tr. dor.

336. OEuvres de Gessner. Nouvelle édition, ornée de figures. *Paris, Dufort, an V-*1797, 4 vol. in-12, portr. et fig. genre Monnet, mar. r. dos orné, dent. tr. dor. (*Rel. anc.*)

337. Werther, par Gœthe. Traduction nouvelle, précédée de considérations sur Werther, et en général sur la poésie de notre époque, par Pierre Leroux. Accompagnée d'une préface par George Sand. *Paris, Hetzel,* 1845, gr. in-8, 10 eaux-fortes de Tony Johannot, demi-rel. mar. vert avec coins, dos orné, fil. tête dor. ébarbé. (*Ruban.*)

Bel exemplaire du PREMIER TIRAGE, relié sur brochure. Les figures sont tirées sur CHINE, en épreuves AVANT LA LETTRE.

338. Galland. Les Mille et une Nuits, contes arabes réimprimés sur l'édition originale, avec une préface de Jules Janin Vingt-et-une eaux-fortes, par Ad. Lalauze. *Paris, Librairie des Bibliophiles,* 1881, 10 vol. in-8, fig. demi-rel. mar. citron jans. avec coins, tête dor. non rog.

V. FACÉTIES. — DISSERTATIONS SINGULIÈRES CRITIQUES. — SATIRES

339. L'Éloge de la Folie, traduit du latin d'Érasme, par M. Gueudeville. Nouvelle édition, revue et corrigée sur le texte de l'édition de Basle. *S. l.* (*Paris*), 1751, in-12, front. fig. vign. et fleurons d'Eisen, v. ant. éc. dos orné, fil.

> Exemplaire sur GRAND PAPIER, tiré in-4.

340. Les Joyeusetez, Facéties et Folastres Imaginations de Caresme Prenant, Gauthier Garguille, Guillot Gorju, Roger Bontemps, Turlupin, Tabarin, Arlequin, Moulinet, etc. (*Paris*), *Techener*, 1829-1833, 15 vol. in-16, cart. non rog.

> Collection de facéties et de poésies anciennes réimprimées par les soins et sous la direction de M. L.-A. Martin, qui y a joint des avertissements.
> Cette collection a été tirée seulement à 76 exemplaires.

341. Le Moyen de parvenir (par Béroalde de Verville). Nouvelle édition. A*** 100070057. (*Paris, Grangé*, 1757), 2 vol. pet. in-12, mar. r. dos orné, fil. tr. dor. (*Rel. anc.*)

> Jolie édition augmentée d'une dissertation par Bernard de La Monnoye.

342. L'Ane promeneur, ou Critès promené par son âne; chef-d'œuvre pour servir d'apologie au goût, aux mœurs, à l'esprit et aux découvertes du siècle. Première édition. (Par A.-J. Gorsas.) *A Pampelune, chez Démocrite, et à Paris, chez l'auteur, V^{re} Duchesne, etc.*, 1786, in-8, portr. demi-rel. v. f. avec coins, non rog.

> On a joint à cet exemplaire une double épreuve du portrait de l'auteur et de son âne.

343. Voyage de Paris à S. Cloud par mer et par terre, par L. Balthazar Néel (de Rouen), suivi du retour, par Augustin-Martin Lottin, avec introduction et douze eaux-fortes, par Jules Adeline. *Rouen, Augé*, 1878, in-4, fig. demi-rel. chag. vert avec coins, fil. tête dor. non rog.

> Exemplaire sur GRAND PAPIER, avec la suite des planches en trois états : avec et AVANT LA LETTRE et les épreuves oblitérées.

344. Joannis Meursii Elegantiæ latini sermonis, seu Aloisia Sigœa Toletana de Arcanis Amoris et Veneris, adjunctis fragmentis quibusdam eroticis. *Lugd. Batavorum, ex typis elze-*

virianis (*Parisiis*), 1774, in-8, titre gr. front. mar. r. dos orné à petits fers, dent. tr. dor. (*Rel. anc.*)

Bel exemplaire de ces célèbres dialogues sur les mystères secrets de l'amour, attribués à N. Chorier. Ils furent mis à l'index par le Concile de Trente.

345. Hippolytus redivivus, id est Remedium contemnendi sexum muliebriem. Auctore S. I. E. D. V. M. W. A. S. *S. l. anno* 1644, pet. in-12 de 94 pp. mar. bleu, dos orné, fil. tr. dor. (*Rel. anc.*)

Bel exemplaire de la PREMIÈRE ÉDITION de cette satire contre les femmes.

---

346. Leçons et Modèles de littérature française ancienne et moderne, par P.-F. Tissot. *Paris, L'Henry*, 1835, 2 vol. gr. in-8 à 2 col. demi-rel. chag. citron, tête dor. non rog.

347. Des Satyres personnelles. Traité historique et critique de celles qui portent le titre d'Anti (par Baillet). *Paris, Dezallier*, 1689, 2 vol. in-12, mar. r. dos orné, fil. et comp. à la Du Seuil, tr. dor. (*Rel. anc.*)

Bel exemplaire.

348. Les Bas-Fonds de la Société, par Henry Monnier. *Paris, Claye*, 1862, in-8, front. à l'eau-forte sur Japon, vél. blanc, non rog.

PREMIÈRE ÉDITION, très rare, qu'Henry Monnier obtint très difficilement de faire imprimer. Il fut tenu de ne faire tirer de ce livre que 200 exemplaires, à ses frais, à ne pas le mettre en vente, et à se charger lui-même du placement.

Bel exemplaire entièrement NON ROGNÉ.

349. Entretiens de village, par M. de Cormenin. Huitième édition, illustrée de 40 gravures. *Paris, Pagnerre*, 1847, in-12, fig. sur bois, demi-rel. chag. r.

VI. POLYGRAPHES.

350. Ægidii Menagii Miscellanea. *Parisiis, apud Augustinum Courbé*, 1652, in-4, fig. vél.

Recueil réunissant pour la première fois les poésies grecques, latines, françaises et quelques ouvrages en prose de ménage.

351. Œuvres de Monsieur Scarron. Nouvelle édition, revue,
corrigée et augmentée de l'Histoire de sa vie et de ses ouvrages... *Amsterdam, Wetstein,* 1752, 7 vol. pet. in-12, portr.
et fig. sur cuivre, demi-rel. chag. violet, tête dor. ébarbé.

Exemplaire presque NON ROGNÉ de cette jolie édition recherchée.

352. Opuscules ou Petits Traictez. Le I de la Lecture de Platon
et de son éloquence. Le II du Sommeil et des Songes. Le III
de la Patrie et des Estrangers... (par François de La Mothe
Le Vayer). *Paris, Sommaville et Courbé,* 1643, in-8, mar. r.
dos orné, fil. comp. à la Du Seuil, milieu à petits fers, tr. dor.
(*Rel. anc.*)

Bel exemplaire.

353. Œuvres de La Fontaine, nouvelle édition, revue, mise en
ordre, et accompagnée de notes par C. A. Walckenaer.
Paris, Lefèvre, 1822-1823, 6 vol. gr. in-8, fig. v. rac. dent.

Exemplaire sur PAPIER VÉLIN, figures de Moreau AVANT LA LETTRE.
Quelques taches d'humidité.

354. Œuvres de La Fontaine, nouvelle édition revue, mise en
ordre, et accompagnée de notes par C. A. Walckenaer.
Paris, Lefèvre, 1827, 6 vol. in-8, portrait, demi-rel. bas. violette, non rog.

Taches d'humidité.

355. Œuvres diverses de M. de Fontenelle. Nouvelle édition
augmentée et enrichie de figures, gravées par Bernard Picard.
La Haye, Gosse et Neaulme, 1828-1829, 3 vol. in-fol. fig. texte
encadré, v. ant. éc. tr. dor.

356. Œuvres complètes de Montesquieu, avec les variantes
des premières éditions, par Edouard Laboulaye. *Paris, Garnier,* 1875, 7 vol. gr. in-8, port. demi-rel. mar. violet avec
coins, dos orné, fil. tête dor. non rog.

Exemplaire numéroté sur GRAND PAPIER DE HOLLANDE.

357. Œuvres de Monsieur Rémond de Saint-Mard (Dialogues
des dieux, Lettres galantes et philosophiques, etc.) *A Amsterdam, chez Pierre Mortier,* 1749, 5 vol. in-12, front. et vign. à
chaque vol. par Hallé, mar. vert, dos orné, fil. tr. dor. (*Rel.
anc.*)

358. **Essais en vers et en prose, par Joseph Rouget de Lisle.** *Paris, P. Didot l'aîné*, 1796, in-8, fig. demi-rel. v. br.

> Dans ce volume se trouve l'édition originale de la Marseillaise sous le titre de : *Le Chant des combats, vulgairement l'hymne des Marseillois. Aux Mânes de Sylvain Bailly, premier maire de Paris.*

359. **Œuvres de Mirabeau, précédées d'une notice sur sa vie et ses ouvrages, par M. Mérilhou.** *Paris, Dupont*, 1825-1827, 9 vol. in-8, port. demi-rel. v. rac. non rog.

360. **Œuvres complètes de Pierre-Augustin Caron de Beaumarchais.** *Paris, Collin*, 1809, 7 vol. in-8, portr. et 30 fig. au trait, demi-rel. mar. r. dos orné, dent. non rog.

> Bel exemplaire.

361. **Œuvres complètes de J. Autran.** *Paris, Michel Lévy*, 1875-1881, 8 vol. in-8, portr. demi-rel. mar. r. avec coins, tête dor. non rog.

362. **Classiques publiés par Delarue.** *Paris, s. d.* 25 tomes en 15 vol. in-12, demi-rel. v. f. avec coins, tête dor. non rog. rel. unif.

> B. de Saint-Pierre. Paul et Virginie. — Œuvres poétiques de Boileau, 2 tomes en 1 vol. — La Fontaine. Contes, 2 tomes en 1 vol. — La Fontaine. Fables, 2 tomes en 1 vol. — Longus. Daphnis et Chloé. — Œuvres de Molière, 8 tomes en 4 vol. — Manon Lescaut. — Œuvres de Rabelais, 6 tomes en 3 vol. — Satires de Math. Regnier. — Sterne. Voyage sentimental.
> Exemplaires sur PAPIER DE CHINE.

363. **Revue rétrospective ou Archives secrètes du dernier gouvernement (par J. Taschereau).** *Paris, Paulin*, 1848-1849, gr. in-8 à 2 col. demi-rel. chag. r.

> Exemplaire contenant les 33 numéros publiés.

364. **Œuvres complettes (*sic*) d'Alexandre Pope, traduites en françois (par l'abbé de La Porte).** *Paris, Duchesne*, 1779, 8 vol. in-8, fig. demi-rel. mar. r. à long grain, dos orné et mosaïqué de mar. vert, non rog. (*Lefebvre.*)

> Bel exemplaire sur GRAND PAPIER provenant de PIXÉRÉCOURT et d'EMM. MARTIN, contenant la suite des figures de Marillier, dont quelques épreuves sont AVANT LA LETTRE et une à l'état D'EAU-FORTE. On y a ajouté en tête du tome Ier un portrait de l'auteur, DESSIN ORIGINAL à la sépia; plus quelques vignettes anglaises.

365. OEuvres complettes d'Alexandre Pope, traduites en françois. Nouvelle édition, revue, corrigée, augmentée du texte
anglois, mis à côté des meilleures pièces (publiée par l'abbé
de La Porte). *Paris, Devaux*, 1796, 8 vol. gr. in-8, portr. et
fig. de Marillier, demi-rel. v. olive.

HISTOIRE

I. VOYAGES. — HISTOIRE UNIVERSELLE.
HISTOIRE DES RELIGIONS. — HISTOIRE ANCIENNE

366. Principes de l'Histoire pour l'éducation de la jeunesse,
par années et par leçons, par M. l'abbé Lenglet du Fresnoy.
Paris, Le Clerc, 1752, 6 vol. pet. in-8, tableaux généalogiques,
mar. r. dos orné, fil. tr. dor. (*Rel. anc.*)

> Exemplaire aux armes de la COMTESSE DE PROVENCE, femme de
> Louis XVIII.

367. Notes d'un Voyage dans l'ouest de la France, par Prosper
Mérimée. Extrait d'un rapport adressé à M. le ministre de
l'Intérieur. *Paris, Fournier*, 1836, in-8, pl. demi-rel. mar. r.
avec coins, ébarbé. (*Pagnant.*)

> PREMIÈRE ÉDITION, ornée de 7 lithographies pliées.

368. VOYAGE PITTORESQUE, ou Description des royaumes de Na-
ples et de Sicile (par l'abbé Richard de Saint-Non). *Paris,
(Clousier, imprimeur)*, 1781-86, 4 tomes en 5 vol. in-fol. fig.
par Choffard, Cochin, Duplessis-Bertaux, Fragonard, Martini,
Saint-Non, etc., v. ant. marb.

> Bel ouvrage exécuté aux frais de l'auteur, qui s'y ruina.
> Exemplaire sur GRAND PAPIER avec la planche dite *des Phallus* et les
> 14 planches de médailles des villes de Sicile.

---

369. Le Livre des Chronicques du seigneur Jehan Carion, où
sont comprises tous haultz actes et beaulx faictz en décent

et côvenable ordre, depuis le commencement du monde jusques au règne du tres chrestien roy Frãçoys premier de ce nom... *Tourné de latin en françoys, par maistre Jehan Le Blond. On les vend à Paris, par Charles l'Angelié,* 1546, in-8 de 24 ff. prél. non ch. et 232 ff. ch. de texte, fig. sur bois, vél.

Bonne édition de cette chronique parue d'abord en allemand.

370. Discours sur l'Histoire Universelle, pour expliquer la suite de la Religion et les changemens des Empires, par Jacques-Bénigne Bossuet. *Paris, Mabre-Cramoisy,* 1681, in-4, v. ant. gran.

Édition originale.

371. Discours sur l'Histoire Universelle, par J.-B. Bossuet, évêque de Meaux ; précédé d'une notice littéraire, par M. Tissot. *Paris, Curmer, s. d.* (1839), 2 vol. gr. in-8, titre en chromolithogr. encadr. sur bois, portr. et pl. sur acier, demi-rel. mar. vert avec coins, dos orné, tête dor. non rog. (*Niedrée.*)

Bel exemplaire.

372. Description historique de l'église de Saint-Ouen de Rouen, par A.-P.-M. Gilbert, ornée de gravures d'après les dessins de E.-H. Langlois. *Rouen, J. Frère,* 1822, in-8 de 73 pp. fig. au trait, demi-rel. chag. vert avec coins.

373. Lettres édifiantes et curieuses, écrites des missions étrangères, par quelques missionnaires de la Compagnie de Jésus (L. Patouillet). *Paris, Guérin,* 1749, in-12, mar. r. dos orné, fil. tr. dor. (*Rel. anc.*)

Ce volume forme le tome XVII de ce recueil ; il porte les armes de la reine Marie Leczinska, femme de Louis XV.

374. Histoire des Papes, crimes, meurtres, empoisonnements, parricides, adultères, incestes des pontifes romains depuis saint Pierre jusqu'à nos jours... Crimes des rois, des reines et des empereurs, par Maurice de La Châtre. Splendide édition illustrée de gravures sur acier, exécutées par l'élite des artistes de Paris. *Paris,* 1854-1857, 10 tomes en 5 vol. gr. in-8, fig. hors texte, demi-rel. chag. r. dos orné.

375. Quatrelles. Légende de la Vierge de Münster, illustrations par Eugène Courboin. *Paris, Charpentier, s. d.* in-4, fig. demi-rel. mar. bleu avec coins, dos orné, fil. tête dor. non rog.

376. Histoire de la Croisade contre les hérétiques Albigeois, écrite en vers provençaux, par un poète contemporain, traduite et publiée par Fauriel. *Paris, Impr. Royale*, 1837, in-4, cart. non rog.

De l'Collection des *Documents inédits sur l'histoire de France.*

377. Réponse à l'Histoire des oracles de M. de Fontenelle, dans laquelle on réfute le système de M. Van-Dale, sur les auteurs des Oracles du Paganisme (par le P. J. Balthus, jésuite). *Strasbourg, Doulssecker*, 1707, pet. in-8, front. mar. r. dos orné, fleurons, fil. tr. dor. (*Rel. anc.*)

Timbre sur le titre, mouillures.

378. Histoire des Juifs, écrite par Flavius Joseph, traduite de l'original grec, revue sur divers monuments, par Arnauld d'Andilly. *Bruxelles, Friex*, 1701-1703, 5 vol. in-8, fig. à mi-page, v. ant. grav.

Bel exemplaire d'une édition recherchée.

379. Lettre de Thrasibule à Leucippe. Ouvrage posthume de M. F... *A Londres, s. d.* (*vers* 1768), in-12, mar. r. dos orné, fil. tr. dor. (*Rel. anc.*)

L'auteur de cet ouvrage est nommé dans l'*Avis de l'imprimeur :* c'est Ant. Fréret, secrétaire perpétuel de l'Académie des inscriptions et belles-lettres, mort en 1749.

380. La Retraite des Dix Mille de Xénophon, ou l'Expédition de Cyrus contre Artaxerxes, de la traduction de Nicolas Perot, sieur d'Ablancourt. *Paris, Barbin*, 1700, pet. in-8, v. ant. marb. dos orné, tr. dor.

Exemplaire aux armes du comte de LANNOY.

II. HISTOIRE DE FRANCE

381. Nouvel abrégé chronologique de l'histoire de France (par le président Hénault). *Paris, Prault*, 1768, 2 parties reliées en 2 vol. in-4, vign. de Cochin, gr. par Moreau, v. ant. marb. fil. tr. dor.

Cette édition contient un charmant portrait de la reine Marie Leczinska, gravé par Gaucher, d'après Nattier.
Le faux-titre du tome Ier manque.

382. Histoire de France, depuis l'établissement des Francs dans la Gaule jusqu'en 1830, par Théodore Burette, enrichie de 500 dessins, par Jules David. *Paris, Matignon, s. d.* 2 vol. gr. in-8, fig. demi-rel. chag. grenat, plats toile.

383. Les Recherches des Recherches et autres œuvres de M⁰ Estienne Pasquier, pour la défense de nos Roys, contre les outrages, calomnies et autres impertinences dudit autheur (par le P. Garasse). *Paris, Chappelet,* 1622, in-8 de 985 pp. mar. r. dos orné, tr. dor. (*Rel. anc.*)

> Livre des plus violents rempli des critiques les plus injurieuses contre Estienne Pasquier.

384. Les Mémorables Journées des François, où sont descrits leurs grandes batailles et leurs signalées victoires, par le R. P. Antoine Girard. *Paris, Henault,* 1647, in-4, front. sur cuivre, v. ant.

385. TRAITÉ HISTORIQUE DES MONNOYES DE FRANCE, avec leurs figures, depuis le commencement de la Monarchie jusqu'à présent... par M. Le Blanc. — Dissertation historique sur quelques Monnoyes de Charlemagne, Louis le Débonnaire et Lothaire... (par le même). — *Amsterdam, Pierre Mortier,* 1692. — Ens. 2 ouvrages en 1 vol. in-4, front. et nombreuses pl. sur cuivre, mar. vert, dos orné, fil. tr. dor. (*Rel. anc.*)

> Bel exemplaire sur GRAND PAPIER DE HOLLANDE de cet ouvrage estimé.

---

386. Les Mémoires de Messire Philippe de Commines. *A Leyde, chez les Elzeviers,* 1648, pet. in-12, titre-front. gr. vél. à recouvr.

> PREMIÈRE ÉDITION ELZEVIRIENNE, admirablement exécutée et très recherchée (Willems, *les Elzevier,* n⁰ 634).
> Hauteur : 134 mill.

387. Chronique scandaleuse ou Histoire des étranges faicts arrivés soubs le règne de Louis XI, roy de France, depuis l'an 1460 jusques à 1483, escrite par un greffier de l'Hostel de Ville de Paris (Jean de Troyes). *Imprimée sur le vray original,* 1620, in-4, vél.

388. Vie du cardinal d'Amboise, premier ministre de Louis XII, avec un parallèle des cardinaux célèbres qui ont gouverné des estats, par Louis M. Le Gendre. *Rouen, Machuel,* 1724, in-4,

portr. de Le Gendre et de Georges d'Amboise, v. f. ant. dos orné, tr. dor.

Timbre sur le titre.

389. Procès criminel de Jehan de Poytiers, seigneur de Saint-Vallier, publié par Georges Guiffrey. *Paris, Lemerre*, 1867, in-8, front. pl. pap. de Holl. demi-rel. mar. vert avec coins, fil. tête dor. ébarbé. (*Cottin-Simier.*)

Tiré à petit nombre.
Envoi autographe de M. Guiffrey à M. Charles Jourdain.

390. Lettres inédites de Dianne de Poytiers, publiées d'après les manuscrits de la Bibliothèque Impériale, avec une introduction et des notes par Georges Guiffrey. *Paris, veuve Renouard*, 1866, in-8, pap. de Holl. portr. sur chine, fac-similés, demi-rel. mar. vert avec coins, fil. tête dor. ébarbé. (*Cottin-Simier.*)

Édition tirée à petit nombre, sortie des presses de Perrin, à Lyon.
Exemplaire avec Envoi autographe de M. Guiffrey à M. Brodin.

391. Histoire du règne de Henri IV, par M. Auguste Poirson. *Paris, Didier*, 1862-1867, 4 vol. in-8, demi-rel. chag. r. avec coins, fil. tête dor. non rog.

Rare.

392. Satyre Ménippée, de la vertu du Catolicon d'Espagne et de la tenuë des Etats de Paris... *A. Ratisbonne, chez Mathias Kerner (Bruxelles, Foppens)*, 1664, 1 pl. — Recueil de plusieurs pièces servans à l'histoire moderne. *Cologne, Pierre du Marteau (Amsterdam, A Vlacq)*, 1663. — Ens. 2 ouvrages en 1 vol. pet. in-12, vél.

Ces deux éditions se rattachent à la collection elzevirienne. (Willems. *Les Elzevier*, nos 1725 et 2007.)

393. Mémoires de Monsieur de Montrésor; diverses pièces durant le ministère du cardinal de Richelieu... *A Leyde, chez Jean Sambix*, 1665, 2 vol. pet. in-12, vél. à recouv.

Édition sortie des presses de Foppens à Bruxelles; elle se joint à la collection elzevirienne (Willems, *les Elzevier*, n° 2015.)

394. Recueil des Défenses de M. Fouquet. *S. l.* 1665-1668, 14 tomes en 7 vol. pet. in-12. vél. mod.

Cette édition recherchée sort des presse de Daniel Elzevier, d'Amsterdam. (Willems, *les Elzevier*, n° 1361.)

395. Mémoires secrets pour servir à l'histoire de Perse. Nouvelle

édition, revue corrigée et augmentée. *Amsterdam*, 1746, pet. in-8, mar. r. dos orné, fil. tr. dor. (*Rel. anc.*)

On attribue au célèbre M. Pecquet, commis au bureau des affaires étrangères, ces mémoires secrets de Perse c'est-à-dire de France : c'est le premier ouvrage où l'on ait parlé du Masque de fer.

396. Le Comte de Clermont, sa cour et ses maîtresses. Lettres familières, recherches et documents inédits publiés par Jules Cousin. *Paris, Académie des Bibliophiles*, 1867, 2 vol. in-16, papier de Hollande, fig. demi-rel. mar. r. avec coins, tête dor. non rog.

397. Le Viconte de Barjac, ou Mémoires pour servir à l'histoire de ce siècle (par le marquis de Luchet). *A Dublin, de l'imprimerie Wilson*, 1784, in-18, cart.

Bel exemplaire NON ROGNÉ, tiré in-4 sur GRAND PAPIER DE HOLLANDE.

398. Le Mode François, ou Discours sur les principaux usages de la nation françoise (par J.-F. Sobry). *Londres*, 1786, in-8 de 448 pp. demi-rel. mar. vert, tête dor. non rog.

Livre rare dont l'édition fut presque tout entière détruite par ordre du ministre Breteuil.

399. Mémoires historiques de M. le Ch. de Fonvielle de Toulouse. *Paris, Ponthieu*, 1824, 4 vol. in-8, mar. f. dos orné, dent. tr. dor.

Aux armes de la DUCHESSE D'ANGOULÊME.

400. Les Français sous la Révolution, par MM. Augustin Challamel et Willem Ténint, avec quarante scènes et types dessinés par M. H. Baron, gravés sur acier par M. L. Massard. *Paris, Challamel, s.d.* (1843), gr. in-8, fig. demi-rel. bas. bleue, tête dor. ébarbé.

401. Histoire-Musée de la République Française par Aug. Challamel. *Paris, Challamel, et Delloye*, 1842, 2 vol. gr. in-8, fig. demi-rel. chag. vert.

Bel exemplaire NON ROGNÉ.

402. Révolutions de Paris, dédiées à la Nation et au district des Petits-Augustins, publiées par le sieur Prudhomme à l'époque du 12 juillet 1789. *Paris*, 1789-1793, 18 vol. in-8, nombreuses fig. sur cuivre, cartes en couleur, cart. genre bradel.

403. Dictionnaire des individus envoyés à la mort judiciairement, révolutionnairement et contre-révolutionnairement

pendant la Révolution, particulièrement sous le règne de la Convention Nationale. *Paris*, 1796, 2 vol. in-8 à 2 col. fig. sur cuivre et tableaux, demi-rel. v. f. non rog.

Bel exemplaire de ce livre rare.

404. Mémoires de M. Gisquet, écrits par lui-même. *Paris*, *Marchant*, 1840, 4 vol. in-8, demi-rel. mar. r. tête dor. non rog.

405. Chroniques des Tuileries et du Luxembourg, physiologie des cours modernes par G. Touchard-Lafosse. *Paris*, *Lachapelle*, 1837-41, 6 vol. in-8, demi-rel. chag. r. non rog.

406. Tableau de Paris (par Mercier). Nouvelle édition. *Amsterdam*, 1783, 12 vol. in-8, fig. cart.

Figures à l'eau-forte très spirituelles, dessinées et gravées par Dunker.

407. Tableau historique et pittoresque de Paris, depuis les Gaulois jusqu'à nos jours, par J.-B. de Saint-Victor. *Paris*, *Nicolle et Le Norment*, 1808, 3 vol, in-4, planches et cartes gravées, demi-rel. mar. vert à long grain, plats papier, non rog.

408. A. Privat d'Anglemont. Paris anecdote, préface et notice par Ch. Monselet. Paris inconnu avec une étude sur la vie de l'auteur par Alf. Delvau. *Paris*, *Rouquette*, 1885-86, 2 vol. gr. in-8, fig. demi-rel. mar. vert avec coins, dos orné, tête dor. ébarbé.

409. La Normandie, par M. Jules Janin, illustrée par MM. Morel-Fatio, Tellier, Gigoux, Daubigny, Debon, H. Bellangé et Alfred Johannot. *Paris*, *Bourdin*, *s. d.* (1843), gr. in-8, vign. sur bois, pl. sur acier, perc. violette, fers spéciaux.

Exemplaire du PREMIER TIRAGE dans son cartonnage original.

410. La Normandie, par M. Jules Janin. Troisième édition, revue et corrigée par l'auteur. *Paris*, *Bourdin*, 1862, gr. in-8, fig. sur bois et pl. sur acier, cart. original de l'éditeur, non rog.

411. La Bretagne, par M. Jules Janin, illustrée par MM. Bellangé, Gigoux, Raffet, Isabey, etc. Deuxième édition, revue et corrigée par l'auteur. *Paris*, *Bourdin*, 1862, gr. in-8, fig. sur bois et pl. sur acier, cart. original de l'éditeur, non rog.

412. Histoire du Parlement de Bordeaux, depuis sa création jusqu'à sa suppression (1451-1790). OEuvre posthume de Boscheron des Portes. *Bordeaux, Lefebvre*, 1877, 2 vol. in-8, pap. de Holl. demi-rel. chag. vert, non rog.

413. Quelques Lettres de Henri IV relatives à la Touraine, publiées par le Prince Augustin Galitzin. *Tours, Mame*, 1850, in-8, pap. vergé, demi-rel. mar. olive avec coins, tête dor. ébarbé.

> Publication tirée à très petit nombre par les soins de la *Société des Bibliophiles de Touraine*.

III. HISTOIRE DE PLUSIEURS PAYS ÉTRANGERS

414. Relation historique de la Pologne, contenant le pouvoir des Rois, leur élection, leur couronnement... les mœurs et les inclinations des Polonais, avec plusieurs actions remarquables. *Suivant la copie imprimée à Paris, chés Jacques Villery (Hollande, à la Sphère)*, 1687, pet. in-12 de 290 pp. mar. vert jans. dent. int. tr. dor. (*Thibaron.*)

> Timbre sur le titre.

415. Mémoires du Baron de Tott sur les Turcs et les Tartares. *Amsterdam*, 1785, 2 vol. in-4, fig. demi-rel. v. f. avec coins, tête dor. non rog.

> Exemplaire sur GRAND PAPIER DE HOLLANDE.

416. L'Espion turc dans les cours des princes chrétiens, ou Lettres et Mémoires d'un envoyé secret de la Porte dans les cours de l'Europe... (par Jean-Paul Marana). *A Londres, aux dépens de la Compagnie*, 1742, 7 vol. in-12, front. et fig. sur cuivre, mar. r. dos orné à petits fers, dent. tr. dor. (*Rel. anc.*)

> Curieuse relation, composée d'abord en italien. Elle renferme un plan de Paris de l'époque.
> La reliure du tome II n'est pas uniforme.

417. Le Bosphore et Constantinople, avec perspectives des pays limitrophes par P. de Tchihatchef, avec deux cartes, 9 planches et 9 figures. *Paris, Th. Morgand*, 1864, gr. in-8, fig. demi-rel. mar. orange, tête dor. ébarbé.

418. La Vie de l'imposteur Mahomet (par Daniel de Larroque)

Paris, Musier, 1699, in-12, mar. r. dos orné, comp. à la Du
Seuil, tr. dor. (*Rel. anc.*)

Aux armes du MARQUIS D'HERBAULT.

419. L'Algérie ancienne et moderne, par M. Léon Galibert.
Vignettes par Raffet et Rouargues frères. *Paris, Furne*, 1844,
gr. in-8, fig. demi-rel. mar. r. jans. avec coins, tr. dor.

IV. NOBLESSE. — ARCHÉOLOGIE — HISTOIRE
LITTÉRAIRE

420. Le Pas d'armes de la Bergère, maintenu au tournoi de
Tarascon : publié d'après le manuscrit de la bibliothèque du
Roi, par G.-A. Crapelet. *Paris, Crapelet*, 1835, gr. in-8, fac-
similé de miniature en couleur, demi-rel. v. r. avec coins,
tête dor. ébarbé.

Tiré à petit nombre.

421. Cérémonies des gages de Bataille, publiées d'après le manuscrit de la Bibliothèque du Roi, par G.-A. Crapelet. *Paris,
Crapelet*, 1830, gr. in-8, planches fac-similées lithogr. la plu-
part en couleur rehaussées d'or, cart. non rog.

De la collection des *Anciens Monumens de l'histoire et de la langue
française.*

422. Statuts de l'ordre de Saint-Michel. (*Paris*), *Imprimerie royale*,
1725, in-4, titre et pl. gr. v. f. ant. dos orné, fil. tr. dor.

Exemplaire sur GRAND PAPIER et aux armes royales.

———————

423. Funérailles et diverses manières d'ensevelir des Romains,
Grecs et autres nations, tant anciennes que modernes, dé-
crites par Claude Guichard. *A Lyon, par Jean de Tournes*,
1581, in-4, fig. sur sur bois, v. ant. gran.

Ouvrage intéressant et peu commun.

424. Cérémonies funèbres de toutes les nations, par le sieur
Muret. *Paris, Michallet*, 1679, pet. in-12, vél.

Petit traité recherché.

425. Histoire de l'Art chez les anciens, par Winkelmann, tra-

duite de l'allemand avec des notes historiques et critiques de différens auteurs. *Paris, Jansen, an IIe de la République française*, 3 vol. in-4, fig. v. ant. rac. dent.

426. DAVID. ANTIQUITÉS D'HERCULANUM, avec leurs explications, par P.-S. Maréchal. *Paris, chez l'auteur*, 1780-1800, 11 vol. — Antiquités étrusques, grecques et romaines, avec leurs explications, par d'Hancarville. *Paris*, 1787, 5 vol. — Le Museum de Florence, avec des explications françaises. *Paris*, 1787, 6 vol. — Histoire de France (avec un précis historique, par l'abbé Guyot). *Paris*, 1788, 5 vol. — Histoire d'Angleterre, accompagnée de discours, par le citoyen Guyot. *Paris*, 1784-1800, 3 vol. — Histoire de Russie, accompagnée de discours, par Blin de Saimmone, 2 vol. — Ens. 32 vol. in-4, fig. v. ant. rac. fil. tr. dor. (*Reliure uniforme.*)

427. Recueil de pierres antiques dessinées et gravées au trait, par M. l'Evêque de Gravelles. *Paris, Musier*, 1770, 2 vol. in-4, fig. demi-rel. v. ant. gran. non rog.

428. Histoire des Livres populaires, ou de la Littérature du colportage, depuis le xve siècle jusqu'à l'établissement de la commission d'examen des livres du colportage (30 novembre 1852), par M. Charles Nisard. *Paris, Amyot*, 1854, 2 vol. in-8, fig. sur bois, demi-rel. genre bradel, perc. brune avec coins, couvertures, non rog.

429. Isographie des hommes célèbres, ou Collection de fac-similés, de lettres autographes et de signatures, exécutée et imprimée par Th. Delarue, sous les auspices de MM. Bérard, de Chateaugiron, Duchesne et Berthier. *Paris, Delanel*, 1843, 4 vol. in-4, demi-rel. mar. r. avec coins, fil. tête dor. non rog.

V. BIOGRAPHIE. — BIBLIOGRAPHIE
JOURNAUX

430. LES VIES DES HOMMES ILLUSTRES, Grecs et Romains, comparées l'une avec l'autre par Plutarque de Chæronée, translatées premièrement de grec en françois, par maistre Jaques Amyot, et depuis en ceste troisième édition reveues et cor-

rigées en infinis passages par le mesme translateur. *Paris,
Vascosan*, 1567, 6 vol. (A la suite du tome VI) : Les Vies de
Hannibal et Scipion l'Africain, traduittes par Charles de l'E-
cluse. *Paris, Vascosan*, 1567. — Les OEuvres morales et
meslées de Plutarque, translatées de grec en françois, reveues et corrigées en ceste seconde édition en plusieurs
passages, par le translateur (Jacques Amyot). *Paris, Vascosan*, 1574, 7 vol. — Ens. 13 vol. in-8, mar. r. fil. tr. dor.
(*Rel. anc.*)

431. Les Comparaisons des grands hommes de l'antiquité qui
ont le plus excellé dans les belles-lettres (par le Père Rapin).
Paris, Muguet, 1694, 2 tomes en 1 vol. in-4, v. f. ant. fil. tr.
dor.

Aux armes du COMTE D'HOYM.

432. Biographie nationale des contemporains, rédigée par une
société de gens de lettres, sous la direction de M. Ern. Glæser.
Paris, Glæser, 1878, gr. in-8 à 2 col. demi-rel. chag. r. tête
dor. ébarbé.

433. La Vie de Monsieur l'abbé de Choisy, de l'Académie françoise (par l'abbé Thoulier d'Olivet). *A Lausanne, et à Genève,
chez Bousquet* (*Paris*), 1742, in-8, mar. citron, dos orné, fil.
tr. dor. (*Rel. anc.*)

Exemplaire aux armes du comte DE CALENBERG.

434. Alexandre Dumas et son œuvre. Notes bibliographiques,
par Charles Glinel. *Reims, Michaud*, 1884, gr. in-8 de 550 pp.
pap. vél. demi-rel. mar. r. avec coins, tête dor. ébarbé, couverture.

Tiré à petit nombre.

435. Béranger et son temps, par Jules Janin. *Paris, Pince-
bourde*, 1866, 2 vol. in-16 carré, portr. front. à l'eau-forte de
Béranger et de Janin, tirés sur chine, pap. de Holl. demi-rel.
mar. vert avec coins, dos orné, fil. tête dor. non rog.

De la *Bibliothèque originale*.

---

436. De la Bibliomanie (par Bollioud-Mermet). *La Haye*, 1765.
— Essai sur la lecture (par le même). *Amsterdam et Lyon,
Duplain*, 1765. — Ens. 2 ouvrages en 1 vol. in-8, fig. sur
cuivre par de Lestain et Le Sueur, v. ant. éc.

437. Récréations bibliographiques, par Loudolphe de Virmond. *Paris, Dentu*, 1882, in-16, br.

> Exemplaire sur PAPIER DE HOLLANDE.

438. Les Subtilités de la Librairie parisienne. La Bande noire et la Revision. Question de probité commerciale entre un libraire de Paris et un libraire de province (par Roustan). *Versailles, Roustan*, 1864, in-8, demi-rel. v. olive, ébarbé.

> Tiré à 125 exemplaires.
> *Ex libris* ALBERT PASCAL.

439. Bibliographie clérico-galante. Ouvrages galants ou singuliers sur l'amour, les femmes, le mariage, etc., écrits par des abbés, prêtres, chanoines... par l'apôtre bibliographe (Laporte). *Paris, Laporte*, 1879, in-8, br.

440. Description raisonnée d'une jolie collection de livres, par Charles Nodier, précédée d'une introduction, par M. G. Duplessis, de la vie de M. Ch. Nodier, par M. Francis Wey. *Paris, Techener*, 1844, in-8, demi-rel. mar. olive avec coins, dos orné, fil. tête dor. non rog.

---

441. Mémoires secrets pour servir à l'histoire de la République des lettres en France, depuis 1762, jusqu'à nos jours (par Bachaumont). *Londres, John Adamson*, 1784-1789, 36 vol. — Table alphabétique des auteurs et personnages cités dans les mémoires secrets... *Bruxelles, Mertens*, 1866, 1 vol. — Ens. 37 vol. in-12, cart. non rog.

> Bel exemplaire.

N° 712

Paris. — Typ. Chamerot et Renouard, 19, rue des Saints-Pères. — 28672.

ÉM. PAUL, L. HUARD ET GUILLEMIN
LIBRAIRES DE LA BIBLIOTHÈQUE NATIONALE
28, RUE DES BONS-ENFANTS, 28

VIENT DE PARAITRE :

LA
BIBLIOTHÈQUE
DE FONTAINEBLEAU
ET
LES LIVRES
DES DERNIERS VALOIS
A LA BIBLIOTHÈQUE NATIONALE
(1515-1589)

Par ERNEST QUENTIN-BAUCHART

L'histoire de la Bibliothèque de Fontainebleau est connue, du moins dans ses grandes lignes ; mais les livres que renfermait cette admirable collection le sont beaucoup moins. On peut même affirmer qu'à de rares exceptions près leur existence est ignorée de la grande généralité des bibliophiles.

C'est ce magnifique trésor littéraire, conservé depuis plus de trois cents ans dans les réserves de la Bibliothèque nationale, que M. ERNEST QUENTIN-BAUCHART, dont le nom fait autorité dans le monde des livres, a entrepris de mettre en lumière avec la précision et l'esprit de savante observation qu'il a montrés dans son bel ouvrage : *Les Femmes Bibliophiles de France aux XVIe, XVIIe et XVIIIe siècles.*

Le travail de M. QUENTIN-BAUCHART, appuyé sur les sources les plus sûres, comprend un aperçu historique, très fouillé et très nourri, sur la Bibliothèque de Fontainebleau, une étude magistrale sur l'art de la reliure française sous les derniers Valois et la description détaillée et raisonnée de tous les livres manuscrits et imprimés qui ont appartenu à François Ier, Henri II, François II, Charles IX et Henri III.

Un portrait **inédit** de François Ier, en couleur, et tiré du beau manuscrit de Du Tillet : *Le Recueil des Rois de France*, sert de frontispice à l'ouvrage, et de **belles reproductions de miniatures**, des frises et des culs-de-lampe, dans le plus pur style de la Renaissance, contribuent à le décorer.

Nous espérons que le public d'élite auquel nous nous adressons accueillera cette intéressante et consciencieuse étude avec la faveur qu'elle mérite.

L'ouvrage est tiré à 300 exemplaires, savoir :

250 exemplaires sur papier vélin du Marais	**25** fr.
40 — — de Hollande	**35** fr.
10 — — du Japon	**50** fr.